COLLECTION FOLIO

Romain Gary

Ode à l'homme
qui fut la France

et autres textes
autour du général de Gaulle

Édition de Paul Audi

Gallimard

Né en Russie en 1914, venu en France à l'âge de quatorze ans, Romain Gary a fait ses études secondaires à Nice et son droit à Paris.

Engagé dans l'aviation en 1938, il est instructeur de tir à l'École de l'air de Salon. En juin 1940, il rejoint la France libre. Capitaine à l'escadrille Lorraine, il prend part à la bataille d'Angleterre et aux campagnes d'Afrique, d'Abyssinie, de Libye et de Normandie de 1940 à 1944. Il sera fait commandeur de la Légion d'honneur et Compagnon de la Libération. Il entre au ministère des Affaires étrangères en 1945 comme secrétaire et conseiller d'ambassade à Sofia, à Berne, puis à la Direction d'Europe au Quai d'Orsay. Porte-parole à l'O.N.U. de 1952 à 1956, il est ensuite nommé chargé d'affaires en Bolivie et consul général à Los Angeles. Quittant la carrière diplomatique en 1961, il parcourt le monde pendant dix ans pour les publications américaines et tourne comme auteur-réalisateur deux films, *Les oiseaux vont mourir au Pérou* (1968) et *Kill* (1972). Il a été marié à la comédienne Jean Seberg de 1962 à 1970.

Dès l'adolescence, la littérature va toujours tenir la première place dans la vie de Romain Gary. Pendant la guerre, entre deux missions, il écrivait *Éducation européenne* qui fut traduit en vingt-sept langues et obtint le prix des Critiques en 1945. *Les racines du ciel* reçoit le prix Goncourt en 1956. Son œuvre compte une trentaine de romans, essais et souvenirs.

Romain Gary s'est donné la mort le 2 décembre 1980. Quelques mois plus tard, on a révélé que Gary était aussi l'auteur des quatre romans signés Émile Ajar.

Les textes de Romain Gary rassemblés dans ce volume ont été écrits à des dates cruciales de la vie et de la carrière du général de Gaulle : en décembre 1958, lors de son retour au pouvoir et de la fondation de la Ve République («sa Constitution») ; en mai 1961, après le putsch des militaires à Alger qui ébranla si fortement son régime ; en mai 1969, après son intempestive démission ; en octobre 1970, au moment de la parution du premier tome de ses *Mémoires d'espoir* ; en novembre 1970, enfin, le jour même de sa mort. À cela nous avons joint un hommage à ces «Français libres» dont le premier s'appelait de Gaulle, ainsi que, pour des raisons sur lesquelles nous reviendrons longuement dans notre postface, une présentation d'André Malraux qui offre, comme par ricochet, une idée du «gaullisme inconditionnel» de Gary. En appendice nous avons également reproduit la totalité des lettres connues que de Gaulle a adressées à ce dernier en remerciement de l'envoi de ses livres.

En 1997 paraissait chez Calmann-Lévy, grâce à la bienveillante confiance d'Olivier Nora, un premier recueil de trois textes de Gary, portant, comme ici, le titre de l'un d'entre eux, «Ode à l'homme qui fut la France». Outre celui-ci, paru en 1970, le recueil comprenait «L'homme qui connut la solitude pour sauver la France» (1958) et «À mon Général : adieu, avec affection et colère» (1969) — textes écrits à l'origine en anglais et parus, à ces différentes dates, aux États-Unis, dans *Life Magazine*. Nous les avions traduits pour la première fois en français, en leur adjoignant le portrait de Malraux publié en 1977 dans le journal *Le Monde*. Les trois textes supplémentaires que comporte le présent recueil sont intitulés : «La colère qui transforma des généraux en desperados» (1961), paru également dans *Life Magazine* et traduit ici avec l'aide de Jean-François Hangouët, «À la recherche du "Je" gaullien» (1970), paru dans *Le Figaro littéraire* et «Les Français libres» (1970), écrit pour le *Bulletin de l'Association des Français libres*.

Cette seconde édition, en partie originale, pour laquelle nous avons corrigé nos anciennes traductions et récrit intégralement notre postface, n'aurait certainement pas vu le jour sans la collaboration avisée de Jean-François Hangouët, président de l'Association Les Mille Gary, à qui l'on doit de s'occuper depuis quelques années avec une intelligence et un dévouement sans pareils de la défense et de l'illustration de l'œuvre garyienne. Grâce à lui, nous sommes sûrs d'être maintenant en possession des textes les plus significatifs que Gary a consacrés à de Gaulle et au «gaullisme».

Paul Audi

Ode à l'homme
qui fut la France*

Novembre 1970

Voilà plus de vingt-cinq ans que je porte sur la poitrine cet emblème gaulliste, la croix de Lorraine, et pourtant, en cette heure matinale du 10 novembre 1970, alors que, à l'autre bout du fil, une voix brisée me chuchote la nouvelle, je ne ressens aucune peine, je n'ai pas le cœur lourd, je n'éprouve rien d'autre qu'une étrange ivresse, le sentiment tranquille et rassurant d'une paix absolue. Quelque chose d'essentiel a été préservé, quelque chose qui est libre enfin de demeurer pour toujours hors du saccage du temps, tout comme au-dessus de ces ombres malfaisantes qui rampent et se dressent éternellement contre toutes les sources de lumière. Pourquoi ce sentiment bizarre, presque joyeux, de soulagement, comme si tout ce en quoi j'avais cru si profondément, loin de m'être ravi, m'était en fin de compte accordé pour de bon ? Est-ce parce que l'homme qui fut la France a toujours considéré la mort comme un exil loin de la médiocrité ?

* «Ode to the man who was France», *Life Magazine*, 20 novembre 1970, vol. 69, n° 21, p. 42-43.

Dieu merci, Charles de Gaulle n'a pas survécu à lui-même…

S'il est un regret au fond de mon âme et de mon esprit — une vive morsure de tristesse en cette matinée pluvieuse quelques heures après qu'un très vieil homme s'en est allé, emportant avec lui ma jeunesse —, c'est celui qui s'adresse à toutes ces choses qui sont liées au nom de «De Gaulle» et qui s'éloignent dans le passé à la vitesse de la lumière, ou qui suffoquent lentement dans l'atmosphère polluée du monde et de l'époque où l'on vit : un sens de l'honneur, une noblesse d'esprit, une foi profonde en la dignité, un refus de considérer les réalisations matérielles comme des fins en soi. Il est vrai que la morgue avec laquelle il s'octroyait le droit de porter l'étendard de notre civilisation occidentale résonnait de l'écho d'une chevalerie démodée et d'un culte rendu à une princesse pas toujours aussi loyale, nommée France. Je l'admets : une telle vision de nous-mêmes, simples mortels, une telle exigence, une posture si volontaire m'ont souvent, et moi pas moins que les autres, hérissé, irrité dès lors que je prêtais l'oreille à cette indifférence affichée vis-à-vis de notre humble et douloureux cheminement dans la vie. Et pourtant ! chers Américains… qu'il est étrange que vous, parmi tous les peuples, vous qui avez inventé le nom et la chose appelée «le rêve américain», n'ayez eu de cesse pendant une trentaine d'années de railler les interminables odes à la «grandeur» de De Gaulle… car il n'y a pas de différence entre ce que vous appelez «le rêve américain» et ce que de Gaulle appelait «la grandeur de la France». Tous deux signifient exactement la même chose : une foi — profondément enracinée dans notre civilisation occidentale — en la capacité de l'homme à se transcender, à s'élever au-dessus de lui-même et à étendre son règne.

Ils sont très rares, les hommes que l'on peut qualifier de *rêveurs réalistes*. De Gaulle en était un par excellence : tacticien avisé, il n'en appelait pas moins les Français — voire, comme à regret, le monde occidental tout entier — à se hisser vers des sommets mythologiques et, pour autant que je sache, inexistants, ou pour le moins inaccessibles. Jamais auparavant Sancho Pança n'avait œuvré si dur pour Don Quichotte, et les deux se liguaient comme s'ils formaient un seul et même individu. Ainsi le réaliste en de Gaulle n'a-t-il jamais manqué de ruse pour servir le rêveur. La stratégie consistait à toujours viser le maximum, aussi haut et aussi loin que possible, avec l'espoir pratique et astucieux qu'il soutirerait ainsi de nous au moins un minimum. Car ce sempiternel étudiant de l'histoire savait qu'un idéal de « grandeur », cet idéal fût-il inaccessible et sublimé, souvent mystique sinon purement verbal, constitue un but qui laisse, s'il est poursuivi avec toute l'ardeur de l'esprit et du cœur, dans le sillage même de notre échec à l'atteindre, quelque chose qui ressemble fort à une civilisation. Et de fait, toute notre trajectoire qui va des dieux de la Grèce antique au judéo-christianisme, et qui traverse l'histoire de celui-ci, est la conséquence d'une dynamique mise en œuvre par cette foi et rien que par cette foi. Quand bien même le but final serait pour l'homme hors de portée, sa poursuite à elle seule demeure une source de création, d'inventivité, de pro-

grès et d'accomplissement. Personne ne savait mieux
que de Gaulle que la civilisation occidentale était née
de cette tâche, au fond impossible à accomplir : combler l'écart qui sépare la misérable réalité humaine du
mythe de l'homme que celui-ci, par amour de soi, se
sera plu à édifier.

Peu d'hommes dans l'Histoire ont partagé avec lui
cet étrange privilège — celui de susciter notre intérêt
pour *eux-mêmes* bien plus que pour leurs réalisations
effectives. Pendant des années, j'ai été conscient d'assister aux exploits d'un très grand artiste. À cet égard,
ce que de Gaulle a accompli est sans précédent, et je
crois que c'est là que réside tout le secret de l'homme.
*Usant d'une habileté fantastique et d'un don nonpa-
reil, il a incarné, comme on le dit d'un acteur, dix
siècles d'histoire de France.* Avec ces éléments histo-
riques — et histrioniques — que tous les Français
connaissent par cœur depuis l'école, avec des débris
du passé, avec des morceaux appartenant à tous les
Louis, avec cette lumière qui continue faiblement à
nous atteindre depuis les étoiles mortes de notre glo-
rieux passé, avec des éclats de pierre provenant de
toutes nos cathédrales et de tous nos sanctuaires, de
nos musées et de nos légendes, avec son génie, sa
compétence, sa rigueur dans l'exécution, son fabuleux
savoir-faire et son indéniable sagacité, il a bâti un être
mythologique connu sous le nom de De Gaulle,
auquel il se référait assez justement à la troisième personne, à l'instar d'un écrivain se rapportant au titre de
son opus magnum. C'est cette œuvre d'art, cette création de soi qui comblait l'écart entre la magnificence
du passé et les minables réalités du présent, qui

éveillait comme par magie l'illusion de la continuité, et témoignait d'une future et immortelle grandeur. Ainsi, quelques notions clés d'histoire, profondément enfouies dans la mémoire subliminale et l'inconscient collectif des Français, étaient utilisées par cet *actor* et *auctor* de génie pour créer ce «Moi, de Gaulle» qui touchait de manière irrésistible, fût-ce chez les plus sceptiques des Français, la corde toujours sensible de la nostalgie.

Jamais auparavant un homme ne s'était servi avec autant d'adresse d'un passé révolu en vue d'un dessein qui n'en était pas moins précis, conscient et calculé. Si de Gaulle, jusqu'à la toute dernière heure, a exercé sur les Français une telle fascination, ce n'est pas seulement parce qu'il avait redonné vie au passé, mais parce qu'il avait su jouer son rôle, parce qu'il l'avait donné en représentation avec une conviction si profondément contagieuse que le charme de l'acteur continuait à s'exercer sur l'assistance longtemps après qu'il avait lui-même quitté la scène.

Qu'il est étrange, pour un écrivain connu partout en France comme étant un «gaulliste inconditionnel», de constater qu'en cette heure de deuil il sourit et se sent le cœur léger, alors que, dans ce pays, il n'est pas un champ, un fleuve ou une ruelle de village qui ne déborde de l'absence d'un seul homme, et que le chagrin ajouté à une sorte d'incrédulité assez frappante se lit autour de lui sur le visage de chaque Français. Mais comment pourrais-je éprouver autre chose que de la fierté et une gaieté triomphante, à cette heure d'une pureté cristalline où l'homme en qui j'ai placé toute mon affection et toute ma confiance durant trente ans quitte le monde en ayant honoré toutes les clauses du contrat tacite qu'il avait signé avec nous en ces jours sombres de 1940, lorsque la France, brisée et souillée, était écrasée sous la botte nazie ? Pas une seule promesse non remplie, pas une seule parole non tenue, pas une seule tache sur le visage de la « princesse des contes », de la « madone aux fresques des murs », comme il se plaisait à surnommer la France. L'homme n'est plus, mais ce qui demeure et qui mènera la vie dure aux médiocres, aux menteurs, aux truqueurs, aux accapareurs du pouvoir et aux cyniques, c'est un *précédent*, lui-même magnifié par la stature de l'homme qui aura créé ce précédent. Pour la première fois de toute son histoire moderne, le peuple français a *un point de référence*. Et c'est pourquoi il se pourrait bien que la plus grande œuvre de De Gaulle soit posthume, et que sa disparition marque le pays beaucoup plus profondément que tout ce qu'il aura pu accomplir en tant que chef d'État. Il se pourrait bien qu'à sa mort de Gaulle exerce plus de pouvoir en France qu'il n'en a jamais exercé de son vivant.

Et en ce moment, à l'heure où j'écris ces mots, la vraie raison du chant qui s'élève dans mon cœur comme celle qui provoque l'exaltation secrète et la légèreté presque juvénile de mon humeur m'apparaît aussi clairement que cette petite chapelle qui se détachait contre le ciel, là-haut, sur la colline de la Vieille Forêt, au-dessus de Sainte-Mère-Église.

Quand bien même ce nouvel exil serait de loin plus définitif que celui de 1940 qui le conduisit en Angleterre, nul ne pourra plus nous priver de lui. Pas la moindre trace de politique ne souillera plus ses semelles. Plus que jamais, il est à présent ce qu'il n'a cessé d'être pour nous depuis le début : une force morale, un courant spirituel, une foi dans l'homme, dans un ultime triomphe de l'homme, une lumière.

Traduit par Paul Audi.

L'homme qui connut la solitude
pour sauver la France*

Décembre 1958

Pour le public américain et, plus généralement, pour
le monde en dehors de la France, le général Charles de
Gaulle a toujours été quelque peu mystérieux. Depuis
1940, époque où il refusa d'obéir au gouvernement de
Vichy et s'enfuit à Londres pour assumer la direction
de la France libre, il a été décrit tour à tour comme un
autocrate, un dictateur en puissance brûlant d'exercer
un pouvoir absolu, un réactionnaire dont la totalité
des points de vue était incompatible avec les temps
modernes, ou encore, plus gentiment, comme un rêveur
qui continue à interpréter le rôle que son pays joue
dans l'histoire en des termes appartenant au passé.
Aussi, pour être franc, l'auteur de ces pages doit-il
commencer par avouer qu'il a ressenti personnellement, durant ces derniers mois, un immense plaisir à
chaque fois qu'il a prêté l'oreille aux petites exclama-
tions de trouble, de délectation ou d'embarras que les
éditorialistes ont fait retentir d'un bout à l'autre de

 * «The man who stayed lonely to save France», *Life Magazine*,
8 décembre 1958, vol. 45, n° 23, p. 144-158.

l'hémisphère occidental, quand les actions menées au pouvoir par de Gaulle opposèrent à ces confortables préjugés un démenti cinglant par le seul fait qu'elles manifestaient chez lui une puissante tendance libérale dénuée de toute équivoque — ce qui n'a fait au demeurant que le rendre encore plus énigmatique.

Alors qui est Charles de Gaulle ? Quelle est la qualité qui a pu entraîner une nation tout entière à se tourner vers lui par deux fois à un moment de détresse ? Qu'entend-il par ce mot de « grandeur » qu'il a toujours à la bouche ? Que pense-t-il de la démocratie ? Quels sont ses convictions, son dessein, ses contradictions, ses défauts, ses ambitions ? Bref, pour employer une bonne vieille expression américaine, *what makes him tick ?* Quel démon l'habite ?

Le meilleur portrait de Charles de Gaulle dont nous disposons est la nouvelle Constitution française — sa Constitution. Tout est là en effet : la conviction de l'infaillibilité du peuple français, la vieille idée républicaine que la démocratie est un système de gouvernement conçu pour permettre aux meilleurs de gagner, la confiance fortement idéaliste en l'humanité, à laquelle s'ajoute la bonne volonté de jouer la carte de la grandeur de l'homme plutôt que de rechercher d'incessantes garanties contre sa perversité. Mais avant tout, la Constitution reflète la croyance optimiste de De Gaulle dans le fait que les peuples de toutes races et de toutes religions peuvent vivre et travailler ensemble dans la paix et l'harmonie.

Il aura fallu à de Gaulle des années de rêves, d'action, de tragédie, de patience et de révolte ouverte, de solitude et d'ovation publique, d'étude et de méditation, pour se retrouver enfin dans la position extraordinaire où il a pu non seulement présenter au peuple français cet autoportrait d'un homme d'État du milieu du xxe siècle, profondément imprégné de la tradition occidentale libérale et humaniste, mais également pour voir cette Constitution adoptée par quatre-vingt pour cent de ses concitoyens comme la Loi fondamentale de la nation.

Déjà dès 1930, lorsqu'il n'était encore qu'un jeune écrivain militaire et un pénétrant étudiant en histoire, de Gaulle faisait observer à un de ses camarades officiers qu'une vision profondément pessimiste de l'homme et de sa nature dominait la vie politique de la France. L'effort le plus conséquent que les législateurs français eussent jamais accompli avait consisté à mettre en place un système de gouvernement dans lequel aucun homme d'État ne pouvait se trouver dans la situation de donner le meilleur de lui-même — une conception qui reposait elle-même sur le présupposé que quiconque serait placé dans une telle situation ne pouvait être autrement que mauvais. La crainte qu'un « facteur personnel » pût entrer en ligne de compte dans l'acte de gouverner était telle que, sous la IIIe République, le Parlement se mua presque automatiquement en une sorte de guillotine décapitant toutes les têtes un peu singulières qui tentaient de s'élever au-dessus de la ligne d'horizon. En conséquence de quoi, de Gaulle eut à assister, à deux reprises au cours de son existence, à ce triste spectacle : le naufrage des vaisseaux de la République avec, à leur tête, un personnage dénué de toute vigueur, pendant que sur le pont se disputent six cents capitaines. Il parvint ainsi à la conclusion que les lois organiques de la France avaient été conçues de façon qu'il ne fût jamais donné à la nation de reconnaître ses grands hommes, sauf à l'heure de leurs funérailles.

Ce n'était pas là une conclusion académique, détachée, impersonnelle. Ceux qui ont connu le jeune de Gaulle disent que son être tout entier semblait aspirer à incarner cette grandeur. Son père était professeur de philosophie dans un collège de jésuites à Paris et, sous sa direction, de Gaulle a été si pleinement absorbé par l'étude de l'histoire qu'on eût dit parfois que les figures de légende qui peuplent le passé de la France lui paraissaient bien plus vivantes que les êtres qui partageaient sa chambre ou se trouvaient assis à sa table. Tous ceux qui l'ont connu à cette époque étaient sûrs qu'il rêvait ardemment d'occuper une place dans l'assemblée des hommes illustres, non par l'effet quelconque d'un vulgaire appétit de pouvoir, mais parce qu'il voulait s'offrir lui-même à son pays. C'est pour vivre encore plus étroitement avec tous ces modèles qui lui indiquaient le chemin, et, peut-être même un jour, pour leur emboîter le pas, que de Gaulle avait d'abord eu l'intention de devenir professeur d'histoire. Cependant, à l'époque, tout était fait dans les institutions publiques pour que son rêve ne se réalisât jamais — sauf en cas de guerre. Il choisit par conséquent la carrière militaire.

Quand, cette année-là, la nation plaça son sort entre les mains de De Gaulle, la première chose que fit celui-ci fut de soumettre à l'appréciation de celle-là une Constitution qui redonnât à l'individu la possibilité de marquer les enjeux et qui misât sur la dignité autant que sur la fragilité humaines. Celui qui agissait ainsi créait de la place pour de Gaulle lui-même.

La véritable signification de la révolution gaulliste — cette révolution toute légale — est qu'elle abolit la vieille contradiction qui existait entre la confiance que les Français placent philosophiquement en l'Homme et le refus des hommes politiques français de gouverner en pariant sur l'objet de cette confiance. Le pouvoir inédit donné au Président de dissoudre l'Assemblée et de participer au Conseil des ministres donna lieu à un débat houleux qui se dissipa comme par enchantement dès lors que la nation en approuva sincèrement le principe.

Bien que de Gaulle ne répondît jamais personnellement à ceux qui, comme Pierre Mendès France, s'opposèrent à la nouvelle Constitution en se basant sur le fait que les impressionnants pouvoirs dont jouit à présent le Président pourraient échoir à un homme dénué de tous scrupules ou à un incapable, son point de vue peut néanmoins être résumé autoritairement de la façon suivante : «Il est impossible de concevoir une Constitution française en présupposant que l'homme politique élu par le peuple français pour occuper la charge la plus haute de la République aura des intentions néfastes. De surcroît, à l'ère de la bombe à hydrogène, il n'y a rien, et a fortiori aucune Constitution, qui puisse nous assurer que l'homme ne se retournera pas contre lui-même. Il n'y a pas un seul texte écrit qui puisse empêcher le président des États-Unis ou le Premier ministre britannique d'abuser du pouvoir qui leur a été confié. La garantie que l'on peut souhaiter ne réside dans aucune loi écrite mais dans la tradition démocratique occidentale et son postulat sous-jacent selon lequel l'homme qui détient la plus haute responsabilité ne saurait, à la place qu'il occupe, manquer de dignité. »

Il demeure malgré tout évident que pour certaines personnes étrangères à la France, il n'y aura jamais rien à redire au fait que le président des États-Unis ou le Premier ministre britannique exerce un tel pouvoir, alors qu'il s'agit d'une tout autre affaire quand les mêmes pouvoirs sont détenus par le président de la République française.

On prétend qu'au cours d'un récent Conseil des ministres consacré à la question de la bombe atomique, de Gaulle aurait fait un commentaire grinçant sur ces curieuses insinuations selon lesquelles ce qui est sans danger entre les mains des États-Unis ou de la Grande-Bretagne ne le serait pas entre les mains de la France. À cette époque, une rumeur laissait entendre que les alliés occidentaux ne se sentaient pas tout à fait enclins à voir la France détenir cette arme intéressante, et qu'ils lui avaient même fermement conseillé de ne pas gaspiller ses ressources et son énergie à en développer une. On raconte que de Gaulle aurait dit : « Si la Russie, l'Amérique ou l'Angleterre arrivent sur la Lune à bord d'un vaisseau spatial et sont les premiers à y planter leur emblème national, leur exploit sera vu comme une extraordinaire réussite scientifique. Mais si la France envoie une fusée sur la Lune et y plante son drapeau, cela sera interprété tout simplement comme une nouvelle démonstration du colonialisme français. »

Depuis l'époque où Franklin Roosevelt exprima pour la première fois son très remarquable sentiment, à savoir que de Gaulle se prenait pour Jeanne d'Arc, il est arrivé fréquemment aux Français séjournant aux États-Unis de s'entendre rappeler — cette opinion, pour avoir fait le tour du monde, en devient fatigante — que le général qui utilise constamment l'expression « grandeur de la France » est un anachronisme vivant, et que l'homme, non moins que ses convictions, remonte à quelque lointaine époque de chevalerie. De Gaulle n'étant certes pas sans ressembler physiquement à un chevalier du Moyen Âge, on en a donc vite fait de conclure que c'est l'épée à la main que ce dangereux croisé en puissance s'était résolu à conduire son pays sur les chemins de la « grandeur ». Lorsqu'on s'aperçoit tout de même que le seul fait de se référer concrètement à telle ou telle idée de la grandeur fait se recroqueviller de peur et trembler de colère les démocraties occidentales, on ne peut s'empêcher de songer avec tristesse à l'état dans lequel celles-ci doivent se trouver. Et l'on éprouve alors le besoin de demander aux Occidentaux s'ils considèrent vraiment l'homme comme un parangon de petitesse et si la démocratie doit être conçue comme une machine à éviter les sommets, ou bien encore comme un bel effort accompli pour que tout le monde puisse ensemble se vautrer dans la médiocrité.

De ce fait, il est aussi important pour les alliés que pour les ennemis de la France, qui auront à traiter avec le futur chef de la Ve République, de regarder d'un peu plus près ce que signifie la locution « grandeur de la France » dans le vocabulaire de Charles de

Gaulle. Ils en trouveront la définition dans les toutes premières phrases de ses *Mémoires de guerre*, dont le premier volume est paru sous le titre *L'appel*. Ce passage tant cité se déroule ainsi : «Ce qu'il y a, en moi, d'affectif imagine naturellement la France, telle la princesse des contes ou la madone aux fresques des murs, comme vouée à une destinée éminente et exceptionnelle. J'ai, d'instinct, l'impression que la Providence l'a créée pour des succès achevés ou des malheurs exemplaires.»

Ces lignes indiquent très clairement ce que leur auteur entend par «grandeur de la France». Il s'agit essentiellement d'une grandeur spirituelle, d'une grandeur à laquelle on ne peut atteindre par !a puissance des armes. En effet, une telle définition exclut l'emploi de la force en tant qu'instrument politique. Car si la France doit apparaître aux yeux du monde comme la «princesse des contes» et la «madone aux fresques des murs», il est bien évident qu'il lui faut échapper à tout reproche, qu'il lui faut convaincre et attirer par son seul rayonnement, et non pas conquérir par l'exercice de la force. La définition exclut toute idée d'impérialisme, de colonialisme et de fascisme ; elle ne peut pas non plus cautionner les injustices sociales ni les discriminations raciales.

Le fait est que la vision gaullienne de la France impose à son auteur une ligne de conduite qui est absolument incompatible avec l'aventurisme en politique. La distinction entre la légalité et la dictature est aussi claire à ses yeux que la distinction entre l'amour et le viol. Telle est sans doute chez lui la seule empreinte de la France médiévale : ne serait-ce, en effet, que par cette attitude de courtoisie infinie et de respect dont il témoigne à l'égard de la femme qu'il a aimée, le comportement de De Gaulle n'est pas si éloigné des règles chevaleresques auxquelles se conformaient les nobles de ce temps-là. C'est ainsi qu'il n'a jamais manqué, dans ses rapports avec la France, aux bonnes manières requises en présence d'une grande dame.

Voilà en quoi réside sa formidable force morale, comme aussi peut-être sa vulnérabilité en tant qu'homme d'État. Il n'est que trop évident qu'une conception aussi élevée de sa tâche peut être tout sauf paralysante. Toutefois, en demeurant fidèle à la vision gaullienne de la princesse des contes et de la madone des fresques, la France risque de connaître le même sort que celui qui frappa, dans un célèbre roman du XVIIIe siècle, l'héroïne de *Paul et Virginie*. La pureté de cette adorable jeune fille était telle que, lorsque son navire fit naufrage, elle préféra se noyer plutôt que de se dénuder et d'apparaître impudique aux yeux de son sauveteur.

Une telle soif de vertu au sens le plus absolu du mot ne s'accorde peut-être pas tout à fait avec l'esprit de l'époque dans laquelle nous vivons. Jamais auparavant dans l'Histoire nous n'avions fait un si grand cas du succès politique en tant qu'il se substitue opportunément à l'exercice d'une conscience éclairée. Il n'empêche que le fait de concilier la vision si idéaliste de De Gaulle avec la difficulté qu'il y a à régler toutes les questions en même temps — l'insuffisance des salaires, l'extension des bas quartiers, la réforme des lois fiscales, le manque de débouchés pour la jeunesse française, l'accroissement du coût de la vie, la cruelle lutte raciale en Algérie, la gamme très étendue des problèmes internationaux —, tout cela, donc, pourrait bien devenir une gageure quasi insoutenable.

Il a toujours été difficile pour les étrangers de comprendre exactement ce que le peuple français voit dans de Gaulle, d'où il tient ce mystérieux pouvoir d'attraction qui, à deux reprises dans l'Histoire, a unifié la nation tout entière autour de son nom. La réponse réside aussi bien dans la nature de la France que dans la personnalité de De Gaulle.

En tant que nation, la France ne se sent jamais tout à fait elle-même quand ses dirigeants politiques ne sont pas au même titre des chefs spirituels. Cette nation — qui se présente surtout comme le berceau du rationalisme — est en fait toujours à la recherche de quelqu'un qui parlerait à son âme. Il n'existe pas d'autre raison au rôle remarquable qu'ont joué dans l'histoire, dans la politique et dans la vie de la nation, les poètes, les philosophes et les écrivains. Victor Hugo, Chateaubriand, Lamartine, Malraux ont tous tenu des positions clés au gouvernement, alors qu'il est fort douteux que les États-Unis et la Grande-Bretagne eussent jamais confié la charge de conduire les affaires de la nation à un William Faulkner, un Eugène O'Neill, un Lord Byron ou un William Shakespeare.

Ce désir impérieux s'enracine très profondément dans le passé, lorsque la France devint pour la première fois la « fille aînée de l'Église ». De Gaulle lui-même est un homme profondément religieux : durant toutes les années passées dans son village de Colombey, il n'a pas manqué une seule fois la messe. En étant essentiellement un guide spirituel, de Gaulle répond parfaitement à ce besoin spécifiquement français d'«élever le débat», c'est-à-dire de se saisir d'un problème à son plus haut niveau. Il n'est pas jusqu'à son manque de chaleur qui ne rassure les Français, le Général leur donnant le sentiment qu'une telle froideur résulte du climat régnant sur les hauteurs de l'esprit.

Intentionnelle chez de Gaulle, cette absence de chaleur est étudiée et exprimée conformément aux règles dont il traça lui-même, à quarante-deux ans, le principe dans son livre *Le fil de l'épée*, livre qui analyse les ressorts du commandement qui devrait incomber à l'avenir à quelque homme providentiel vers lequel la nation pourrait se retourner à un moment de crise. Ce chef futur, écrit-il, doit garder ses distances, éviter toute familiarité, conserver en lui une part de mystère. Plus tard, dans *L'appel*, de Gaulle racontera comment, le moment venu, il appliqua ses propres idées relatives au caractère obligatoirement réservé du chef, afin de continuer à symboliser la «résurrection» aux yeux de la France occupée. En quelques rares phrases, toutes tendues, brèves, presque énoncées à contrecœur, il évoquera le prix élevé qu'exigea de lui l'obligation presque trop lourde d'avoir eu à se choisir des compagnons parmi les êtres humains.

Toujours est-il que cette technique connut une réussite formidable. Lorsqu'il arriva à Londres en 1940 pour prendre la tête de la Résistance, son nom ne disait rien à la population française. Ensuite, durant les quatre années qui suivirent, les nouvelles de la situation solitaire de De Gaulle n'ont pas cessé de parvenir à la France occupée comme si elles lui arrivaient d'une autre planète. Il était invisible, il était loin, vraiment loin, et pourtant il n'en était pas moins présent dans le cœur de son peuple : véritable légende, prenant de plus en plus d'ampleur à travers la brume de l'espoir et du désespoir. Sa voix juvénile et vibrante — elle ne s'est pas modifiée jusqu'à présent — atteignait les Français à travers les ondes de la B.B.C., et ils risquaient leur vie rien qu'à l'écouter. La mort était la peine encourue par tous ceux qui possédaient sa photographie, et ce n'était pas sans fierté qu'ils regardaient son portrait publié clandestinement.

Tout au long de ces années, de Gaulle ne pouvait se permettre de se montrer aux yeux des autres comme un simple être humain. Il lui fallait devenir une légende. La tâche politique qu'il s'était imposée paraissait sans espoir, et, à cet égard, il reconnaît dans ses *Mémoires* avoir souvent failli flancher. N'était-il pas privé de pays, condamné à mort dans sa propre patrie, et n'ayant à ses côtés que quelques milliers de volontaires ? Sans compter qu'il lui fallait encore convaincre Churchill d'abord, Roosevelt ensuite, qu'il incarnait comme tel la France invaincue. Au même moment, il devait convaincre le peuple français, ou du moins la majorité de ceux qui, en ce temps-là, s'étaient aveuglément ralliés au maréchal Pétain, que c'était lui, et non le régime collaborationniste de Vichy dirigé par ce dernier, qui les représentait vraiment.

C'est alors qu'il commença à parler de lui-même à la troisième personne. Cette pratique, qui s'est poursuivie jusqu'à ce jour, n'est pas dénuée d'humilité, s'il est vrai qu'elle vise à montrer que l'individu est bien conscient qu'il ne se confond pas avec la légende, que son nom seul participe de l'Histoire, alors qu'il est lui-même brièvement de passage sur terre. Il commença à se comporter presque comme s'il était déjà une statue élevée au beau milieu d'une place : froide, impassible, inaccessible en apparence. Quand les Français de la France libre, placés sous le commandement d'un de ses lieutenants, connurent leur première action victorieuse à Bir Hakeim, en Afrique du Nord, il avoua dans ses *Mémoires de guerre* qu'il éclata en sanglots — mais seulement après que la porte se fut refermée derrière le messager de la victoire. Il n'est presque jamais apparu en public sans que le drapeau français ne s'y trouvât également et qu'il fût lui-même assuré qu'on le vît bien en dessous. Conformément à sa technique d'éloignement, il s'abstenait tout simplement de tout contact direct afin que personne ne pût apprendre sur son compte plus de choses que ce qui pouvait nourrir le mythe de De Gaulle, cet homme qui était la France.

C'est ainsi que de Gaulle se rendit si impopulaire en Grande-Bretagne et aux États-Unis. Parce qu'il n'était personne, il *devait* s'entretenir d'égal à égal avec Churchill et Roosevelt ; il *devait* sans arrêt, et de manière agaçante, revendiquer ses droits ; il *devait* parler comme s'il était l'incarnation de la France. Sa seule force consistait en ce pouvoir de conviction qui émanait de sa voix quand il parlait comme s'il était à lui tout seul quarante millions de Français.

Tout le monde connaît la fameuse phrase que l'on prête à Churchill, selon laquelle l'emblème gaulliste, la croix de Lorraine, était la plus lourde croix qu'il eût eu à porter durant la guerre ; on ne connaît sans doute pas aussi bien la réponse que lui fit de Gaulle. On dit en effet que de Gaulle aurait fait ce commentaire : « Si l'on considère que les autres croix que Churchill a eu à supporter étaient l'armée allemande, la guerre sous-marine, le bombardement de l'Angleterre et les menaces d'anéantissement, alors, quand il dit que la plus lourde de ces croix était de Gaulle, cela a tout l'air d'un hommage rendu à un homme seul, sans armée, sans pays, et tout juste suivi par quelques-uns. » Quant à Churchill, il dit lui-même plus tard de De Gaulle : « Toujours, même quand il était en train d'agir de la pire des façons, il paraissait exprimer la personnalité de la France — cette grande nation pétrie d'orgueil, d'autorité et d'ambition. »

Voilà donc la raison pour laquelle il est arrivé que ce général tout récemment promu, qui avait quitté la France en 1940 alors qu'il était encore totalement inconnu, revînt chez lui quatre ans plus tard pour y être accueilli en héros. Certes, il avait acquis son éminente stature grâce à la réussite d'une action exceptionnelle, mais cette stature était elle-même magnifiée par son éloignement. C'est cela qui laissa sur de Gaulle une empreinte indélébile — au point qu'il n'est personne qui puisse se prévaloir de compter parmi ses amis intimes. Les seuls vrais proches de De Gaulle tout au long de ces vingt dernières années ne sont autres que les membres de sa famille : sa femme, ses deux filles, dont une seule a survécu, son fils, ses trois petits-fils ; tout le reste s'appelle la France.

Ce serait toutefois une erreur d'imaginer que de Gaulle est un bloc de granit qui n'aurait jamais changé.

Il n'est plus tout à fait le général qui, il y a douze ans, avait démissionné avec fracas de la présidence du Conseil pour avoir clairement constaté son impuissance à gouverner au milieu de l'anarchie parlementaire de l'époque. Car il ne fait aucun doute que, depuis, de Gaulle a souvent connu les affres des examens de conscience et des remises en question; il a aussi largement soupesé l'idée, si souvent exprimée par lui, qu'il n'était armé que pour venir à bout des événements dramatiques de l'Histoire, et non pour gérer au quotidien la vie politique d'une nation.

Il n'en est pas moins incontestable que ces douze années l'ont également marqué du sceau de leur tragédie. En l'occurrence, cette tragédie ne résultait pas seulement de sa solitude et de son impuissance, non plus qu'elle ne provenait exclusivement de ces doutes qui ont dû assaillir l'homme qui sentait le destin lui filer entre les doigts. Cette tragédie avait une origine autrement plus profonde. La tragédie personnelle dont Charles de Gaulle souffrit pendant ces douze dernières années réside en vérité dans le fait qu'il prit clairement conscience que son retour à la barre du pays ne pouvait avoir lieu qu'au terme de la destruction complète de tout ce qu'il aimait.

À une de ces petites réunions d'anciens combattants qui se déroulait dans son village — seules manifestations publiques auxquelles de Gaulle participait régulièrement depuis son retrait de la vie politique —, un ex-sergent se rendit pour lui demander (c'était à une époque où l'on assistait au renversement d'un gouvernement après l'autre) : «Mon Général, ne vont-ils pas finir par vous rappeler ?» Il entendit alors de Gaulle lui répondre : « Je ne crois pas. Les choses ne vont pas si mal que ça. »

Rarement, pour ne pas dire jamais, l'accomplissement du destin personnel d'un grand patriote aura dépendu aussi pleinement de l'effondrement de tout ce qu'il aurait défendu. Dans son domaine, à Colombey-les-Deux-Églises, il eut en effet à attendre que la France fût saignée à blanc en Indochine ; que la colossale erreur de Diên Biên Phû marquât le désastre des armes de la nation ; que l'agitation en Afrique du Nord atteignît en Tunisie et au Maroc un point de non-retour, et prît en Algérie de manière atroce une tournure sanglante ; que les partis politiques imposassent au pays une loi électorale conçue de manière à rendre inaudible la voix du peuple ; que la menace de la guerre civile et de la révolte armée jetât une ombre de déshonneur sur la face de la « princesse des contes ». De Gaulle semblait à jamais condamné à devoir attendre la ruine de la France.

Des contradictions aussi cruelles existent à tout moment dans la vie de De Gaulle, au point qu'elles serviront, de manière bizarrement ironique, d'emblème à son destin. Ainsi a-t-il commencé par être le premier et le plus véhément défenseur de l'emploi d'armes blindées et de colonnes cuirassées mobiles dans les guerres de mouvement — mais ce furent les Allemands, et non ses compatriotes, qui l'écoutèrent et utilisèrent cette technique pour détruire les bataillons de l'armée française. De la même façon, alors qu'il a toujours professé que la discipline était une vertu essentiellement militaire, les deux moments les plus décisifs de sa carrière furent tout ensemble liés à l'insubordination. en 1940, quand il défia le gouvernement légal de Vichy et se plaça lui-même à la tête de la France libre en Angleterre, et en mai 1958, quand des partisans insoumis incitèrent le Parlement, en menaçant d'une révolte armée en Algérie, à rappeler de Gaulle au pouvoir.

En fait, ce féru de discipline absolue n'a pas été loin d'établir, sinon une doctrine, du moins un exemple en matière de « désobéissance sacrée ». Il ne fait d'ailleurs aucun doute que la noble insubordination de De Gaulle en 1940 — acte totalement justifié — avait pour ainsi dire traversé l'esprit des jeunes colonels en Algérie durant leur tentative d'insurrection.

Le monde ne semble pas avoir mesuré à quel point la France était proche de la catastrophe durant ces jours tragiques de mai 1958, et à quel point (étant donné le refus des forces de sécurité de réprimer la rébellion en Corse, l'attente sous pression de la marine dans les ports algériens et la démission les uns après les autres, et en accord avec leurs camarades en Afrique du Nord, des proches du général ; étant donné aussi la mobilisation des parachutistes prêts à monter dans leurs avions et à sauter sur la France) il est miraculeux que le sang n'ait pas coulé, qu'aucune victime n'ait été à déplorer, qu'aucune mitraillette n'ait été vidée dans ces rues de Paris qui ont déjà vu se dresser tant de barricades.

Si l'explosion a pu être évitée, c'est tout simplement parce qu'il y avait un homme nommé de Gaulle, assis dans son jardin, à Colombey, tandis que des pilotes d'une unité d'instruction aérienne volaient au-dessus de lui en formant la croix de Lorraine là-haut, dans le ciel. Car la seule force qui aura retenu les jeunes officiers en Algérie d'accomplir ce saut final et désastreux au-delà des limites de la légalité, aura été de se rendre compte que de Gaulle n'aurait jamais accepté de recevoir la charge suprême de l'État des mains d'une armée en rébellion. En même temps, le Parlement ne se tourna vers lui que parce que ce fait brutal s'était imposé à eux : il n'existait personne d'autre qui pût, à ce moment historique, réconcilier tout ce qui se sentait indigné, frustré et désespéré en France, avec tout ce qui était profondément attaché à la tradition républicaine de respect envers la légalité.

Mais c'était de justesse ! Une seule rafale d'arme automatique, une seule victime abattue lors d'un combat de rue, et il eût été trop tard. De Gaulle savait durant ces heures désespérées que sa marge de manœuvre était devenue presque trop étroite pour qu'il subsistât encore un espoir, et il le dit clairement dans le message qu'il adressa alors à l'ancien président de la République, le socialiste Vincent Auriol. Les heures du 13 mai étaient si annonciatrices de désastre national que les termes employés dans cette lettre rédigée à la hâte témoignent nettement de son extrême anxiété, presque d'un abandon au désespoir. « Bientôt, écrivit-il, il ne me restera plus rien d'autre à faire que de m'enfermer pour le restant de mes jours dans un profond chagrin. »

De Gaulle ne pouvait pas avoir émergé de ces douze années d'épreuves redoutables sans qu'il eût à subir un réel changement. L'homme a énormément souffert : il a regardé fixement la défaite dans les yeux. Voilà pourquoi l'on sent chez lui comme une humilité nouvelle, perceptible jusque dans le ton de sa voix, une certaine douceur dans les manières, une disparition presque totale de sa raideur d'hier. Ces changements ne tiennent pas seulement au fait que le temps a passé, ils résultent peut-être aussi de ce qu'il est désormais profondément convaincu qu'il ne suffit pas à l'être humain de se hisser au sommet d'un piédestal pour atteindre à la grandeur véritable.

C'est donc un de Gaulle différent qui se présenta en mai devant l'Assemblée nationale et témoigna aux six cents députés de sa reconnaissance et de son honneur à se trouver parmi eux en ce jour décisif. Bien que sa sincérité fût entière, il y eut néanmoins un député pour s'exclamer, avec une admiration éprouvée comme à son corps défendant : « Le vieux renard ! » C'était là le plus grand hommage qu'un homme politique pouvait rendre à un autre homme politique. Car il paraît évident que, pour s'assurer aujourd'hui une victoire politique, de Gaulle ne compte plus guère sur la puissance exclusive de principes élevés, il est bien plutôt décidé à employer toute l'habileté et la ruse dont il se sait capable. La démonstration en a été clairement faite lorsqu'il s'est agi, dans l'affaire des comités révolutionnaires en Algérie, de temporiser subtilement jusqu'au moment où il reçut un écrasant soutien populaire, après quoi il résolut soudain, et de manière décisive, d'interdire à l'armée de prendre part à ces comités, une décision à laquelle on obéit aussitôt. Ceux qui, à l'époque, sortaient de son bureau, parlent avec étonnement de son pouvoir de persuasion, un terme que personne auparavant n'aurait songé à employer au sujet de De Gaulle. C'est qu'à présent celui-ci privilégie le contact personnel — une méthode qui doit sans doute beaucoup coûter à un homme qui aura adopté toute sa vie une attitude distante à l'égard d'autrui. On raconte d'ailleurs, à ce propos, que durant toutes ses années d'adolescence, lorsqu'il faisait chambre commune avec son frère, il lui a à peine adressé la parole. Aujourd'hui, en revanche, il est connu pour risquer à l'occasion des remarques personnelles — ce qui eût été tout à fait inconcevable chez le de Gaulle de jadis. Récemment, par exemple, un visiteur sortit stupéfait du bureau de De Gaulle ; tout le monde se précipita vers lui pour l'interroger, s'attendant à quelque révélation politique. L'homme secoua la tête. « Croyez-le ou non, dit-il, il a remarqué que j'avais perdu du poids et il m'a dit que j'avais meilleure mine. » Les autres, abasourdis, se regardèrent en silence.

Le vieil entêtement s'est transformé en volonté de convaincre. Les quelques opposants qu'il a encore en dehors du camp communiste le traitent avec une extrême courtoisie, ce qui a donné lieu parfois à certains retournements notables. Ainsi, de Gaulle passa un jour trois heures à débattre avec le socialiste Gaston Defferre, l'influent maire de Marseille, qui avait voté contre lui au Parlement. Au terme de l'entretien, Defferre avait changé d'avis et soutenait de Gaulle.

Ce qui ne laisse pas d'étonner, cependant, c'est que de Gaulle est apparemment en train de prendre plaisir à la politique. J'en veux pour preuve notamment la loi électorale qu'il a conçue et qui, loin de favoriser ses propres partisans de droite, donne plutôt toutes ses chances à la gauche libérale. Cela l'entraîne alors à agir en arbitre, c'est-à-dire à se glisser dans un rôle purement politique. C'est ainsi qu'il a réussi, depuis qu'il est en fonction, par la seule influence de sa personnalité, d'une part à réduire considérablement la forte capacité de vote des communistes, lors des élections de la semaine dernière ; d'autre part à gagner l'appui des socialistes et des centristes, sans pour autant perdre quoi que ce soit de son pouvoir auprès de ses partisans de droite ; et enfin à reprendre totalement le contrôle sur l'armée en Algérie, alors qu'en même temps il proposait hardiment la paix aux insurgés. Tout cela, il l'a accompli sans avoir eu à s'engager politiquement sur sa personne ou sa pensée. La droite a rendu possible son accession au pouvoir, la gauche non communiste lui a offert la caution de la légalité et de l'honorabilité en lui octroyant une majorité parlementaire. Si presque tous les partis vont maintenant se réclamer de De Gaulle, lui-même se gardera bien de se compromettre avec quiconque.

On a dit que de Gaulle adopte une attitude monarchique à l'égard du gouvernement, et qu'il considère tous les partis politiques comme «la chose du roi». Mais il est plus probable que le général envisage plutôt la question en termes de stratégie, comme un commandant en chef. La droite et la gauche constituent simplement à ses yeux les deux ailes des forces de la nation, et il fera manœuvrer les deux pour atteindre son objectif — à savoir, bien entendu, la grandeur de la France. Il n'est pas jusqu'à son attitude à l'égard du Parti communiste qui n'entre dans le cadre de cette dernière remarque, car c'est pour lui une grande source de regret qu'il y ait encore à sa gauche un vecteur du dynamisme et du talent français dont il ne peut se servir, et qui, pour cela, risquerait de s'étioler.

C'est dire que rien ne semble plus pouvoir demeurer en l'état dans les mœurs politiques françaises. De Gaulle observe les partis politiques d'un œil de fin connaisseur, froid et spéculatif, et il tentera de mettre à profit le meilleur de ce qu'ils ont à offrir en matière d'hommes et de programmes. Il y a quelques années, un écrivain citait en sa présence une définition de la démocratie parlementaire fondée sur une de ces vieilles recettes de cuisine pour lesquelles la France est si justement célèbre. Puisque cette recette a rencontré l'approbation de De Gaulle et qu'il a lui-même confié qu'il l'avait retenue depuis lors, il serait peut-être utile que je la répète ici. La voici : « Prenez dans le panier du parti une "vérité" politique, placez-la sous votre nez, humez-la soigneusement, assurez-vous de sa fraîcheur, retournez-la plusieurs fois pour voir ce qu'elle cache, puis mordez-en un tout petit bout, goûtez-y prudemment, commencez par la mâcher très lentement et précautionneusement, avalez-en un petit peu, et là attendez ; si vous ne ressentez aucune douleur, pas de convulsions, pas de sueurs froides, alors prenez tout votre temps et mâchez bien chaque morceau. Mais ne l'oubliez pas : soyez toujours prêt à recracher le tout. *Telle est la démocratie : le droit de tout recracher.* »

Peut-être, pour de Gaulle, le plus grand crime perpétré par la IVe République a-t-il consisté à donner naissance à une loi électorale conçue de façon à ne proposer presque aucun choix aux votants. Si vous aimiez Jean et votiez pour lui, vous deviez aussi vous payer Pierre, qui figurait sur la même liste électorale. Ensuite, vous aviez beau avoir Jean ou Pierre, leur parti ou leurs politiques en travers de la gorge, vous ne pouviez pas vous en débarrasser. En revanche, grâce à la nouvelle loi électorale, chaque homme est obligé de se mettre en lice tout seul et en son propre nom ; le Président a la possibilité de dissoudre l'Assemblée et de renvoyer les députés devant leurs électeurs, lesquels peuvent alors soit les rejeter, soit reprendre un morceau de leur « vérité » politique. De sorte qu'il semble que la bonne vieille recette française ait enfin trouvé un chef qui veuille bien la mettre en œuvre.

Mais il n'en est pas moins évident que de Gaulle ne limite plus sa vision à la seule France. Ce n'était certainement pas un nationaliste vieux jeu qui criait aux foules d'Algérie, les bras levés dans ce geste que tout le monde connaît maintenant et qui semble vouloir embrasser le ciel tout autour : « Il n'y a que deux voies qui s'offrent aujourd'hui à l'humanité : la guerre ou la fraternité. La France a choisi la fraternité. »

Il est le premier homme d'État dans toute l'histoire de France à avoir proposé une indépendance totale et immédiate aux territoires d'outre-mer, à la condition toutefois que les peuples concernés la réclament par voie de référendum. Qu'il n'y ait eu que la Guinée à avoir choisi de se séparer de la France prouve d'abord que la lucidité peut tenir lieu de politique, et ensuite que l'idée enthousiaste que de Gaulle se faisait de la grandeur de son pays n'est peut-être pas aussi romantique et irréaliste que ce qu'on en a dit.

Toute la conception gaullienne du progrès relève, en substance, d'un engagement spirituel. Au cours d'une récente conversation avec un scientifique français qui lui décrivait les merveilles de la conquête spatiale à venir, de Gaulle fit cette remarque : « Il se peut bien que nous allions sur la Lune, et cela n'est pas très éloigné de nous. La plus grande distance qu'il reste à couvrir gît cependant au fond de nous-mêmes. »

Ce point de vue profondément spirituel ne signifie pas que de Gaulle refusera d'œuvrer efficacement et rapidement en faveur du progrès matériel. Il faut se rappeler que durant les seize mois qu'il a passés au pouvoir entre 1944 et 1946, il était personnellement en charge de l'échelonnement et de l'application de nombreuses réformes sociales et économiques. Il nationalisa des secteurs fondamentaux de l'industrie, il introduisit un des programmes de sécurité sociale les plus ambitieux du monde, et il donna aux femmes le droit de vote pour la première fois. Sa conception de la dignité humaine est incompatible avec la pauvreté, la vie dans les taudis, les injustices sociales, les lenteurs et les retours en arrière. Il a dénoncé d'un côté l'antisémitisme, de l'autre le sentiment anti-arabe en Algérie. À la lumière de sa foi profonde en ce qu'il appelle « l'élément humain », il lui paraît impensable qu'il puisse y avoir encore, au sein de la communauté française, une classe sociale, une race, une minorité ou une majorité qui ne soit pas encouragée à produire audehors le meilleur de ce qu'elle est susceptible d'offrir au bénéfice de tous les autres — ne serait-ce que parce que le moindre manquement en ce domaine pourrait priver le pays de la présence de personnalités d'exception pouvant jouer, à l'instar de De Gaulle lui-même, un rôle décisif dans le destin de la nation.

Alors *quid* du futur ? Après une première période au pouvoir, de Gaulle pourrait très bien décider de rentrer à Colombey-les-Deux-Églises et observer de là comment les nouvelles institutions républicaines apprennent à se débrouiller sans lui. Il pourrait également demeurer en fonction aussi longtemps que la nation et sa santé le lui permettront. Mais, quoi qu'il fasse, son empreinte durera sur la vie nationale française longtemps après qu'il l'aura quittée. Il a produit un exemple et défini des critères de conduite, qui, ne serait-ce que parce qu'ils ont été une source de succès, prendront leur place à l'intérieur de la tradition politique française.

Pour ce qui est des proches années à venir, les difficultés demeurent immenses. En plus des problèmes de haute volée qui relèvent de l'histoire du monde, de Gaulle doit encore faire face à ces problèmes terre à terre que pose à tout dirigeant la vie quotidienne d'un peuple : l'inflation, l'économie, les finances.

Voici pourtant la complainte que les Français ont eu l'habitude d'entendre le plus souvent au sujet de De Gaulle : « Mais cet homme est dépourvu de tout programme politique ! » La réponse, bien sûr, est que cet homme est porteur d'un dessein — et que le fait qu'un programme lui soit attaché devient de jour en jour plus manifeste, comme on peut s'en rendre compte avec la réforme révolutionnaire qu'il entreprend au sujet des relations à nouer avec les anciennes colonies. Certes, il garde ses intentions cachées. Et la raison en est simple.

Il a clairement indiqué dans ses livres de stratégie — et la politique n'est rien d'autre qu'une affaire de stratège — qu'il ne croyait absolument pas en des doctrines préétablies. Les décisions doivent être prises sur le terrain en fonction de la situation, et elles doivent toujours comporter un élément de surprise. Voilà pourquoi il a refusé jusqu'à présent d'engager sa parole sur n'importe quelle solution définitive en Algérie. Il s'y rend souvent — quatre fois depuis qu'il est de retour au pouvoir —, il y jauge l'atmosphère, y examine la nature du terrain et des forces en conflit, fait une rapide évaluation de la situation générale. Éventuellement, quand lui et le gouvernement sentiront le moment venir, on le verra agir à la vitesse de la lumière, d'une manière qui sidérera sans doute autant ses ennemis que ses amis. Tous les autres problèmes de politique intérieure qu'il affronte — le rôle de la France au sein de l'O.T.A.N. et le Conseil de l'Europe, par exemple — seront traités de la même façon. Car de Gaulle considère qu'il est aussi dangereux pour un homme d'État d'afficher ses intentions longtemps à l'avance, que pour un général d'armée de divulguer ses plans à l'approche d'une bataille.

Quelle que soit la part du succès remporté dans la résolution de problèmes spécifiques, la place ultime de De Gaulle dans l'Histoire dépendra probablement de quelque chose d'autre, de quelque chose de bien plus important. Elle dépendra en fin de compte de la solution qu'il apportera, ou manquera d'apporter, au conflit dramatique qui oppose en France la liberté et l'autorité, le progrès et la stabilité. Aucune République française, en effet, n'a jamais été capable d'observer le bon équilibre entre les deux. Le gouvernement a toujours fait montre d'une tendance soit à mourir d'une extension cancéreuse de liberté, soit à succomber à la *rigor mortis* d'un excès d'autorité. Bien sûr, la France n'est pas la seule à faire face à ce dilemme. C'est à vrai dire la survie en Occident de notre système démocratique tout entier qui dépend de la solution de ce conflit — sans doute le plus grand défi auquel l'homme moderne se trouve aujourd'hui confronté. Et ce n'est pas là un conflit entre l'Est et l'Ouest, étant donné que, tôt ou tard, la Russie soviétique, ses alliés et ses satellites seront amenés eux aussi à résoudre leurs propres problèmes de liberté.

De Gaulle est profondément conscient de l'universalité de cette question, et il est plus que significatif de le voir, lors de sa première tentative pour relever le défi — c'est-à-dire au moment où il élaborait la nouvelle Constitution de la France —, tout miser sur la grandeur de l'individu, sur son talent et sur sa dignité. De Gaulle croit aussi que son pays est le fer de lance de la civilisation, et c'est pourquoi il a bon espoir que, dans le cadre de ses nouvelles institutions, la Ve République montrera encore une fois au monde entier où réside l'issue hors de ce dilemme qui est rapidement devenu pour l'humanité en général une question de vie ou de mort.

Il est évidemment tout à fait possible que de Gaulle perde son pari sur la grandeur de l'homme, et que ses illusions et ses convictions, tout comme l'homme lui-même, soient étudiées dans les écoles communistes du futur comme le dernier exemple typique de cette chose que la société matérialiste des marxistes abhorre par-dessus tout : l'idéalisme.

Mais ceux qui considèrent ce géant qui vous toise du haut de sa foi têtue comme un anachronisme vivant, comme quelque chose qui aurait soudain surgi du passé, ceux-là devraient alors reconnaître que le monde occidental ne repose plus guère sur grand-chose. L'approche spirituelle et idéaliste de la nature de l'homme a toujours été, en effet, la première de nos nourritures essentielles, notre unique inspiration et notre seul principe d'espérance. C'est encore la seule force qui puisse aujourd'hui nous empêcher de sombrer dans le totalitarisme et le matérialisme. Par conséquent, si la foi que de Gaulle place en l'homme appartenait au passé, il faudrait dire que nous appartenons nous aussi au passé. Le fait est que, pour l'auteur de ces réflexions, au moins, la réponse à fournir demeure toujours aussi valide, une réponse qui recèle notre plus grande chance et notre plus haut défi.

Traduit par Paul Audi.

La colère qui transforma
des généraux en desperados*

Mai 1961

Comment cela a-t-il pu se produire dans un pays civilisé ? Comment est-il possible que des officiers supérieurs, appartenant à l'armée la plus vieille et la plus fière d'Europe puissent de cette manière trahir leurs traditions, briser la confiance que la nation leur avait accordée et se rebeller contre leur gouvernement — la première rébellion de l'armée dans l'histoire de France ? Ces généraux et ces colonels — tous patriotes, tous hommes intelligents, mûrs et responsables —, quel ressentiment, quelle colère, quelle frustration profonde ont pu ainsi les transformer en desperados ?

La réponse est beaucoup trop de souffrance et beaucoup trop de faste. Un passé romantique, dont la splendeur et les victoires demeurent très vives dans nos mémoires ; une grandeur que le présent n'a jamais réussi à égaler vraiment. Trop de combats victorieux qui, curieusement, s'achevèrent toujours en défaites. Une haute idée de soi — et la réalité qui ne s'y était

* « The anger that turned generals into desperados », *Life Magazine*, 5 mai 1961, vol. 50, n° 18, p. 26-27.

jamais tout à fait conformée. Une tradition haute en couleur — mais rendue désuète dans un monde qui change si vite. Trop de morts aux avant-postes d'un empire qui avait tout bonnement disparu ; mais aussi trop de mensonges rassurants de la part de nos politiciens, alors que le sol se dérobait sous nos pieds.

Il ne saurait y avoir de Légion étrangère sans Sidi-bel-Abbès, son lieu de naissance et son berceau, sans l'Algérie, sans une contrée exotique, sans un désert, sans ce fortin isolé que le cinéma nous a montré tant de fois. Que l'on ne s'étonne donc pas que la Légion étrangère ait été la première à défendre l'appartenance de l'Algérie à la France.

À chaque fois que nous battions en retraite, à chaque fois qu'un nouvel État indépendant remplaçait le drapeau français, il devenait de plus en plus évident que tout ce que nous avions appris à aimer, tout ce qui avait nourri nos rêves, finirait bientôt par disparaître. Peu à peu, sous nos yeux, mouraient toutes les traditions romantiques de notre armée. Les splendides uniformes, les insignes multicolores : les coiffes écarlates des Sénégalais, les burnous rouge et blanc des spahis, le flottement du *seroual* blanc des méharistes, la chéchia jaune des goums marocains — tout ce qui évoquait magnifiquement notre puissance coloniale avait déjà disparu ou perdu son sens.

Il ne saurait y avoir de méharistes sans Sahara, sans Afrique, ni de légions sans un empire, pas plus qu'il n'y a de centurions sans Rome ou de Rome sans domination. Il ne saurait y avoir non plus de loyauté lorsque tout ce qui l'avait inspirée jusqu'à présent s'en allait en fumée, la raison même de notre orgueil de soldats paraissant de plus en plus anachronique dans un monde qui change à une telle rapidité qu'un jeune officier parachutiste ressemble déjà à un vieil homme écrasé par le poids de ses souvenirs.

On nous a fourni les armes les plus modernes, on nous a donné le meilleur entraînement, et bien que nous ayons fait de notre mieux pour remplir notre tâche, nous n'avons jamais pu goûter aux fruits de la victoire. Il n'y avait plus de place sur nos poitrines pour de nouvelles médailles — ces médailles qui étaient un moyen bien commode de nous mettre à l'écart. En fait, la nation ne partageait plus nos rêves.

Petit à petit nous avons été écartés du cours des réalités, de ces réalités que nous considérions toujours avec mépris, fût-ce en connaissance de cause. Le démembrement de l'Empire français s'était fait sans nous. Mais nous étions déterminés à reprendre notre place dans le cœur de la nation, et par la force si nécessaire, afin de sauver le pays de lui-même. Notre colère, notre isolement, notre soif de grandeur — celle dont même les plus jeunes d'entre nous se souviennent —, voilà qui devenait presque impossible à supporter.

Notre tragédie, le monde n'en savait pas grand-chose et s'en souciait encore moins. Pendant quinze ans, une guerre coloniale incessante, menée aux confins de notre empire démembré, nous a tenus, nous les militaires professionnels, éloignés de notre pays et de son peuple. Pendant sept ans, en Indochine, nous, les soldats de l'armée régulière, avons dû nous battre et mourir seuls, sans que le pays ne nous vienne en aide en nous envoyant ses conscrits. Là-bas nous avons vu la plupart de nos camarades assassinés par les guérilleros

communistes : l'équivalent de deux promotions de
Saint-Cyr. Puis, quand vint le désastre de Diên Biên
Phû, on nous a reproché cette défaite, alors que,
de notre point de vue, celle-ci avait été l'œuvre des
politiciens à Paris, qui avaient refusé d'engager des
conscrits dans une guerre qu'ils estimaient être la
nôtre. Puis il y eut la Tunisie, le Maroc, une retraite
après l'autre, et c'est maintenant le tour de l'Algérie,
notre Algérie, celle qui depuis cent trente ans fait partie de la France.

Et durant tout ce temps, en France métropolitaine, la
vie suivait son cours gaiement. Le niveau de vie aug-
mentait, alors que chez nous le niveau de mort ne
baissait pas. Une sale histoire, pleine de silence et
d'amertume… Nous nous rendions compte que nos
tombes représenteraient bientôt la seule trace de « présence française » en Algérie. Tandis que nos colonies
— ces belles contrées exotiques que nous aimions
tant — accédaient à l'indépendance les unes après les
autres, dans notre pays, tous les serpents de la politique
venaient ramper autour de nous pour nous tenter, en
nous implorant de les aider à s'emparer du pouvoir.
Leur sifflement continuel insinuait en effet que si notre
bravoure ne rencontrait jamais que la défaite, c'était
parce que nous étions « trahis » par nos gouvernements, par les partis politiques, par les gauchistes, par
les communistes, voire par de Gaulle lui-même.

Vivant en circuit fermé, à des milliers de kilomètres
de notre pays en proie à l'ivresse du changement, sans
véritable contact avec notre peuple, et hantés par le
visage de nos amis morts, nous serrions les poings et
commencions à penser que le véritable combat devait

être mené non pas en Algérie, mais à Paris. La France avait besoin d'un « sauveur ».

D'ailleurs, au cours de notre histoire, ce fut toujours des rangs de l'armée que sortit le sauveur : Bonaparte, Foch, Pétain, de Gaulle lui-même. Nous avions aidé de Gaulle à revenir au pouvoir en 1958, mais là, il ne semblait plus nous comprendre. Après tout, n'était-ce pas ce même de Gaulle qui avait refusé en 1940 d'obéir aux ordres du gouvernement de Vichy ? Et l'Histoire ne lui avait-elle pas donné raison ? Pourquoi ne tenterions-nous pas la même chose ? Nos chefs étaient prêts à nous aider, et ils comptaient parmi les hommes les plus décorés du pays. Nous leur faisions confiance : le général Challe, le général Salan, le général Zeller ou le général Jouhaud, chacun d'eux pouvait incarner le nouveau sauveur, le nouveau de Gaulle ; chacun d'eux pouvait prendre le pouvoir en France, sauver l'Algérie, reconquérir la Tunisie et le Maroc et se retrancher derrière son pouvoir ainsi que Franco l'avait fait si brillamment en Espagne...

Vieille histoire que tout cela, et elle aurait pu arriver n'importe où. Que mes amis américains se rappellent le cri de « trahison » qui avait retenti à travers les États-Unis lorsque la Chine était tombée aux mains des communistes. Cela les aidera à mieux comprendre l'état d'esprit des officiers français au cours de ces quinze années de courage, de sacrifice, de désespoir, de frustration. Car ils étaient convaincus d'avoir été trahis, que les communistes s'étaient glissés partout, qu'on les poignardait dans le dos. Et comme en France les parachutistes, ce corps qui a toujours pris part aux batailles les plus dures, jouissaient d'une aura presque sacrée, tous ceux qui osaient les critiquer étaient immédiatement accusés d'antipatriotisme, comme le sont aux États-Unis ceux qui critiquent le F.B.I.

L'officier de métier français avait tant donné à la France qu'il commençait à croire que la France lui appartenait. À cette vieille tentation le voilà qui succombait entièrement, et pour la première fois. Tel un amant exigeant, il éprouvait le besoin impérieux de posséder totalement l'objet de son amour.

Pour le corps des officiers, l'armée a toujours fait l'objet d'un culte quasi mystique, avec sa batterie de saints, à commencer par Saint Louis et Jeanne d'Arc, son code de chevalerie, ses prêtres-soldats, tel le Père Charles de Foucauld, ses guerriers légendaires, de Roland de Roncevaux aux maréchaux de Napoléon, puis aux Foch, Joffre et Pétain de la Première Guerre mondiale. La caste de nos officiers a toujours vécu et vit encore dans ce qu'André Malraux a appelé, dans un tout autre contexte, un «musée sans murs», cette dimension imaginaire où les souvenirs de mille ans de batailles, d'actes héroïques, de légendes, d'uniformes fabuleux, de gloire et de derniers carrés ont trouvé leur expression dans un vocabulaire qui comprend encore aujourd'hui des mots comme «mission sacrée», hérités des croisades.

Certes une mystique de l'adoration de soi, un *esprit de corps* font intégralement partie de la grandeur qui s'attache à l'armée. Mais cela n'en a pas moins contribué à créer un état d'esprit dans lequel celle-ci devenait une chose autonome, un but en soi, une place forte au sein même de la nation. C'est ce qui, à l'aube de ce siècle, avait produit l'affaire Dreyfus, dans laquelle des officiers de haut rang avaient délibérément falsifié des preuves contre un innocent afin de prouver que l'armée avait raison. Appelés si souvent pour « sauver » la France, ces officiers étaient de plus en plus convaincus qu'ils incarnaient la seule vraie France.

Dans un pays où, en matière intellectuelle, le scepticisme et le doute sont presque de règle, l'armée française n'a jamais cessé de croire passionnément et romantiquement en elle-même, en sa mission, en son infaillibilité, en son dessein « sacré ». Pourtant ce dessein aura curieusement changé au fil du temps. Issu des croisades, c'est-à-dire placé au commencement sous le signe de la Croix, il se chargera d'une signification assez différente quand les légions de Bonaparte conquerront l'Europe en scandant « Liberté, Égalité, Fraternité », et il changera encore de sens lorsque au XIXe siècle il se confondra, au nom de la civilisation, avec l'idée du colonialisme. Aujourd'hui, le monde a beau bouger à toute vitesse, l'armée ne se cramponne pas moins à son passé romantique, ce qui ne manque pas de l'opposer violemment au présent.

En vérité, rien n'est plus risqué que d'analyser un événement historique dans le feu d'une victoire. Mais il y a de grandes chances pour que l'échec de la révolte des généraux en Algérie soit considéré à l'avenir comme l'événement politique le plus important de l'histoire moderne de la France — plus important que la victoire de la Première Guerre mondiale ou que la défaite de 1940. Car, la semaine dernière, après quatre petits jours de fièvre, quelque chose est mort pour toujours : la vieille et sombre conception romantique qu'incarnait une armée d'individualistes, de héros, de personnalités flamboyantes, exaltées par la musique militaire, les parades, les discours enflammés, les uniformes multicolores — toute cette conception dans laquelle une certaine poésie capiteuse avait joué un rôle aussi important que la politique. L'âge des sauveurs en armes est révolu en France. Au risque de friser le paradoxe, on peut dire que les généraux rebelles ont rendu involontairement au pays le plus grand service qui soit. En effet, l'échec complet et lamentable de leur entreprise, la honte et l'horreur qu'éprouve l'immense majorité des officiers français aujourd'hui, tout cela a fait disparaître l'arme qui menaçait la France depuis, mettons, l'époque napoléonienne. La bombe en explosant a cessé d'exister.

Toutefois la conséquence la plus importante n'est pas, comme tout le monde s'accorde actuellement à le penser, que le président Charles de Gaulle se trouve solidement renforcé dans sa volonté de mettre fin à la guerre en Algérie par des négociations. La véritable importance historique de l'échec de la rébellion, c'est que le destin de la République ne tient plus à la vie, à la présence ou à la santé d'un seul homme, c'est qu'il ne dépend plus de la survie du général de Gaulle.

Certes, aux yeux de nombreux Français, le général de Gaulle n'a qu'un seul défaut : il est mortel. S'il est une question qu'on entendait constamment en France, c'était : que se passera-t-il quand il quittera la scène ? Maintenant nous avons la réponse : il ne se passera rien. La chose a eu lieu et ne se reproduira plus. Même si demain le Général disparaît, nous pouvons être sûrs que son successeur sera choisi démocratiquement, et que les institutions nationales connaîtront une stabilité dont elles ont rarement joui auparavant. C'est dire que la rébellion en Algérie aura eu un résultat pour le moins inattendu : non seulement de Gaulle aura sauvé la République de ses ennemis, mais il aura libéré aussi nos institutions de leur effrayante dépendance à l'égard de sa propre personne !

Ceux qui ont suivi les événements d'Alger se tromperaient donc lourdement s'ils pensaient que ce qui est arrivé là-bas ne concerne que l'armée française. Le glas a sonné partout pour toutes les forces dites « traditionnelles », et peu importe que les guerres auxquelles nous aurons à participer soient à grande ou à petite échelle. Les armes ultra-modernes ont rapetissé les armées et nous sommes déjà entrés dans une ère d'électronique, d'ordinateurs, de techniciens dans laquelle les généraux éclatants et les uniformes chatoyants sont tout aussi dépassés que le cheval de cavalerie. Mille ans d'Histoire ont pris fin.

Traduit par Paul Audi et Jean-François Hangouët.

À mon Général : adieu,
avec affection et colère*

Mai 1969

Mon Général,

Il y eut jadis, sur le continent Europe, deux pays : l'un s'appelait la France, l'autre s'appelait de Gaulle. Parfois, les deux pays semblaient se confondre remarquablement, mais ce n'était alors qu'une illusion d'optique créée par le Vieux Magicien qui, de son ombre magnifique, avait si largement recouvert le pays de France que celui-ci paraissait bien plus grand et bien plus important qu'il ne l'était en réalité.

Peuplé de figures de légende, rois et héros, attachés par-dessus tout à poursuivre un idéal de grandeur, le pays de De Gaulle était plus que millénaire. En revanche, le pays nouveau, la France, n'était pas plus ancien que les premiers réfrigérateurs, les systèmes de crédit, le fait d'avoir une voiture par famille, la sécurité sociale, les augmentations de salaires. La France était composée de cinquante millions de mini-Fran-

* « To my General : farewell, with love and anger », *Life Magazine*, 9 mai 1969, vol. 66, n° 18, p. 26-29. Il est à noter qu'une traduction non signée d'une partie de ce texte est parue en page 10 de *France-Soir* daté du 13 mai 1969.

çais, eux-mêmes assez faibles et ayant tous marre de l'Histoire, des mots comme « grandeur », « destin », « devoir ». Surtout, ils en avaient assez de rivaliser avec le pays de De Gaulle et d'essayer de paraître plus grands qu'ils n'étaient. Ces mini-Français étaient connus pour être des petits-bourgeois ; aussi, un jour, avec l'aide des vingt-trois pour cent de la population qui s'appelaient petits-marxistes et vivaient dans l'ombre de la Russie de la même façon dont les petits-bourgeois vivaient dans l'ombre de De Gaulle, ils se rassemblèrent et prononcèrent ensemble le seul vocable que le Vieux Magicien ne pouvait souffrir : le mot « non ». Subitement prit fin une très longue période où l'on n'avait pas cessé de faire semblant. Le pays de De Gaulle fut mis en miettes, le nouveau pays lui ravit la place et annonça que, désormais, il répondrait à l'appellation inédite de Mini-France.

À l'issue de cette remarquable poussée d'humilité, la Mini-France n'avait pas seulement triomphé du pays de De Gaulle : elle avait aussi effacé d'un vigoureux coup de balai nombre de ces mensonges qu'il élevait au sujet de lui-même et qu'il chérissait tout particulièrement — légendes, mythes, nobles clichés, aussi bien que véritable beauté et grandeur —, comme si un petit « non » avait pu suffire à en conjurer l'existence. Depuis, chaque mini-Français peut espérer posséder un meilleur système de téléphone, davantage d'autoroutes, de meilleurs logements, des salaires plus élevés, et croire qu'avec un peu de chance il appartiendra un jour à un État semblable au Danemark, à la Suède, ou peut-être même à l'Allemagne. Touchons du bois.

N'est-il pas étrange, mon Général, que vous, qui aviez été le premier dans les années trente à alerter la France au sujet de sa sécurité, quand elle se berçait d'illusion derrière la ligne Maginot, ayez fini par remplir vous-même le rôle d'une sorte de ligne Maginot mythologique, derrière laquelle s'abrite une nation non préparée à affronter le monde moderne de la puissance économique et technologique, comme la France de 1940 ne l'était pas non plus pour faire face à une guerre moderne ? Il est vrai qu'en ce temps-là, vous jouissiez encore de ce don presque inquiétant qui vous permettait de gommer, par votre seule présence altière, le manque de crédibilité dont souffrait la France réelle quand elle témoignait de son aspiration à devenir la grande puissance mondiale qu'elle n'était absolument pas. En 1940, alors que le pays vaincu se couchait devant l'ennemi et que la plupart des Français soutenaient la politique de «collaboration» avec Hitler du maréchal Pétain, et alors même que Churchill se méfiait de vous, que Roosevelt vous haïssait et vous désapprouvait, et que Staline se moquait de vous, vous avez quand même réussi à convaincre ces alliés méprisants que vous étiez la France véritable et que, par conséquent, vous étiez habilité à parler au nom de quarante millions de Français qui ne connaissaient même pas votre nom.

C'est à cette époque-là que nous nous sommes rencontrés pour la première fois. J'étais l'un des soixante-dix pilotes parfaitement entraînés et prêts à se battre, dont pouvait se vanter votre «Force aérienne française», et à qui vous êtes venus rendre visite à Saint-Athan.

Comme je me rappelle bien cette voix jeune et stridente, cette voix presque de fausset, déclarant : « Les Allemands perdront car, malgré leur engins de guerre modernes, leur esprit s'apparente à une barbarie révolue. »

En ces jours tragiques, vous étiez un homme privé de pays, un « déserteur » condamné à mort par le gouvernement de Vichy, un général sans armée, un homme d'État dépourvu de tout soutien populaire — et malgré tout cela, votre force intérieure et le poids de vos convictions, votre confiance en vous-même et votre franche détermination étaient tels, qu'en l'espace d'une année, vous êtes devenu la France aux yeux du monde entier. Même Roosevelt, à la fin, avait dû s'incliner devant une telle évidence. C'était là un cas unique dans l'Histoire : un général en exil conquérant politiquement son propre pays, au point qu'en 1944 la majorité en faveur de Pétain s'était transformée en une majorité pour de Gaulle. À partir de 1945, vous étiez probablement la figure la plus populaire de l'histoire française contemporaine, et après avoir incarné avec tant de succès la France de 1940 à 1946, vous assumiez une nouvelle fois brillamment ce rôle du 1er juin 1958 au 27 avril 1969.

Durant les onze années où vous étiez absent de la scène, le mot France était parvenu à signifier huit ans de guerre coloniale en Indochine, le désastre de Diên Biên Phû, sept ans de guerre infâme en Algérie, la chute du franc, vingt-quatre gouvernements successifs, et l'idée d'aller piocher dans les poches des États-Unis de quoi renflouer les caisses de l'État. Durant

onze ans, depuis votre retraite de Colombey, vous avez
observé la honte et la laideur avec ce sourire un peu
vache que je connais si bien.

Permettez-moi en effet, avec toute mon affection, de
vous dire que vous pouvez quelquefois être assez peau
de vache. Souvenez-vous de cet après-midi d'août
1940 à Londres, à St. Stephen's House ? La veille,
j'étais passé en conseil de guerre pour une tentative
avortée d'assassinat contre le chef d'escadrille de
notre force aérienne. Il m'arrive encore de bouillir de
colère en me remémorant cet homme chargé de nous
interdire de combattre aux côtés des escadrons de la
R.A.F., lors de la bataille d'Angleterre. Nous devions
rester là, assis sur nos fesses, attendant que fût formée
la première escadrille entièrement composée de Français. Assister impuissants à ces combats de chiens qui
se déroulaient au-dessus de nos têtes, cela dépassait les
limites du supportable. Nous tirâmes alors au sort et,
bien entendu, j'ai eu droit à la corvée. Je pris l'homme
dans mon avion et le secouai à six mille pieds d'alti-
tude. Malheureusement, quelque chose a mal tourné
avec son parachute : il s'est *ouvert*.

Convoqué devant vous, voici tout ce que, d'un air
sombre, j'avais réussi à marmonner, tandis que vous
me passiez un savon : « Je suis venu ici pour me
battre. » La voix perçante s'est alors littéralement
abattue sur moi : « Très bien, allez-y. Et n'oubliez surtout pas de vous faire tuer ! » Je fis claquer mes talons,
dis : « Oui, mon Général », fis demi-tour et me trouvai
déjà à la porte lorsque vous vous êtes adouci. Enfin
presque : « Mais vous vous en tirerez. Il n'y a que les
meilleurs qui se font tuer. »

J'étais pardonné : parfois il vous arrive d'être *vraiment* chaleureux.

J'estime pour ma part que votre renvoi par le peuple français signifie tout autre chose que la décision que de Gaulle ne devrait plus gouverner la France. Au risque de conclure à la légère, je sens qu'il s'agit là encore d'une preuve qu'à l'âge de l'informatisation, les « grands hommes » sont tombés en désuétude : la technique propre aux solutions économiques tendant de plus en plus à prendre le dessus en tant que puissance autonome, allant bien au-delà des courants idéologiques et des politiques, les sociétés capitalistes et communistes développées aboutissent à des décisions similaires au moyen d'une même approche technologique. Le temps est proche où le *leadership* en œuvre dans les sociétés férocement matérialistes consistera tout bonnement à mettre à exécution ce que les ordinateurs auront décrété.

Votre présence à la barre de la France, mon Général, avait de moins en moins de sens, étant donné que vos priorités étaient d'ordre spirituel, moral et souvent mythologique, ce qui à l'évidence paraît incompatible avec une société totalement matérialiste.

Il demeure néanmoins fort probable que la postérité vous considérera comme le plus grand paradoxe de notre temps. En effet, alors même que vous vous sentiez sincèrement engagé au service d'une France historique, spirituelle et mythologique — « princesse des contes » ou « madone aux fresques des murs », comme vous appelez votre aimée dans les premières lignes de vos *Mémoires de guerre* —, vous avez fait bien plus que toute autre figure nationale du monde occidental, pour rompre avec le passé.

Vous avez entrepris la modernisation de la France. Vous, qui avez tant de fois été accusé de vous prendre pour Jeanne d'Arc, pouvez vous vanter d'avoir accompli tout seul la tâche titanesque de nous avoir débarrassés de « la France de papa », ainsi que vous l'appeliez vous-même. Vous avez, mon Général, donné leur entière liberté et leur indépendance nationale à toutes les colonies françaises d'Afrique ; et vous l'avez fait tout en conservant les bonnes grâces de leurs peuples et de leurs dirigeants (à l'exception de la Guinée). Vous avez donné l'indépendance à l'Algérie, à une époque où celle-ci faisait constitutionnellement autant partie de la France que le Texas des États-Unis. Dans le même temps, vous brisiez la révolte de l'armée et ses projets de coup d'État, et défendiez la République contre les tentatives terroristes qui visaient à la détruire.

Vous êtes l'homme d'État qui a accordé le droit de vote aux femmes.

Vous avez offert la totale citoyenneté aux Juifs d'Afrique du Nord venus en France. À cet égard, du reste, je ne connais pas d'homme qui soit aussi peu antisémite que vous — ne serait-ce que parce que les hommes vous paraissent tous égaux, vous qui préférez les regarder à votre manière plutôt que de les observer au travers d'un télescope géant.

Votre discours de novembre 1967 au sujet des Juifs — ce « peuple d'élite, sûr de soi et dominateur » — a provoqué l'indignation. Et pourtant, lorsque, parlant à la radio française en décembre, j'ai moi-même eu l'occasion de souhaiter une bonne et heureuse année à tous les Français — ce «peuple d'élite, sûr de soi et dominateur» —, nul n'a songé à protester. Les Français étaient contents.

Votre seule faiblesse à cet égard, mon Général, est que, tout en n'étant pas le moins du monde antisémite, vous vouliez que les Juifs vous en soient reconnaissants et suivent vos conseils à propos du Moyen-Orient. Je suis sûr que vous vous êtes senti frustré quand ils ont interrogé les Écritures et qu'ils en ont déduit que vous n'étiez absolument pas Moïse. Après le raid israélien contre le Liban, où treize avions ont été détruits, dont plusieurs appartenaient à la France, vous vous êtes exclamé (permettez-moi cette indiscrétion) : «Ils m'ont désobligé» — une expression du XVIIIe siècle. C'est comme si vous vous étiez senti personnellement offensé par l'action des Israéliens.

Vous avez donné à la France une Constitution qui met un terme à l'ignoble jeu des gouvernements renversés ; et c'est pourquoi, même lors de votre défaite personnelle, la stabilité de votre parti s'est trouvée incroyablement confirmée par quarante-sept pour cent d'électeurs.

Vous étiez constamment accusé d'anti-américanisme. Pourtant, le plus grand service que vous ayez rendu aussi bien aux Américains qu'aux Français fut de transformer un non-combattant de l'Intendance, vivant passivement d'aumônes américaines, en allié indépendant. Quand le président Kennedy m'a dit : «Mais il est certain que le Général ne peut pas croire que l'Amérique veut dominer le monde ou la France», je lui ai répondu que les États-Unis *dominaient effecti-*

vement le monde, non pas de manière intentionnelle, mais du fait de leur pouvoir et de leur économie. J'étais tout simplement en train de lui traduire votre conviction inébranlable. Plus tard, vous m'avez dit au cours d'un déjeuner : « Qu'il est regrettable que Kennedy ne soit plus là ! Je suis sûr que nous serions parvenus à nous mettre d'accord sur tout. »

Vos appels incessants pour mettre fin à la guerre du Viêt-nam étaient perçus comme de l'anti-américanisme, même lorsque le président Johnson commença à tenir compte de ces appels. Depuis lors, mon Général, vous ne vous êtes plus exprimé publiquement au sujet du Viêt-nam. Vos efforts pour parvenir à une meilleure entente avec l'Union soviétique étaient dénoncés comme allant à l'encontre des intérêts américains — et ce jusqu'à ce que le président Nixon lui-même s'engageât, semble-t-il, dans une voie identique. Vous avez ensuite conduit cette fameuse attaque contre le dollar. Et c'est là que vous avez eu tort, mon Général, horriblement tort : le dollar est plus puissant que nous tous.

Puis-je citer une de vos remarques, qui résume assez bien la manière dont vous éprouvez les accusations d'anti-américanisme ? « Pendant des années, la presse américaine a eu deux traîtres de mélodrame. L'un était Richard Nixon, l'autre Charles de Gaulle. Le peuple américain a élu le premier à la plus haute charge. Je sens qu'ils vont également reconsidérer le second. »

N'empêche qu'il y a au fond de vous une certaine rancune à l'égard de l'Amérique. Tant de puissance, tant de possibilités, tant de potentiel diplomatique... Mais voilà : il y a aussi cette loi. Vous étiez né à l'étranger ; vous ne pouviez donc pas devenir président des États-Unis !...

Mon Général, rions donc de bon cœur. Rions en nous rappelant par exemple combien étaient nombreux ceux qui — grands de taille, courts sur pattes, tout petits — vous soupçonnaient d'«ambitions dictatoriales». Que reste-t-il aujourd'hui de ces accusations ? Vous avez toujours abhorré le fascisme. Seulement, permettez-moi d'ajouter que les raisons n'en sont pas toutes pures : y entre aussi en ligne de compte pas mal d'orgueil, dans la mesure où il vous semble tout simplement inadmissible de ne pas être respecté, admiré et suivi librement, sans aucune trace de coercition. Que votre être tout entier réclame les hommages, voilà qui n'a certes pas pour but de vous faire obtenir en retour obéissance et soumission.

Vos racines si profondément enfouies dans le passé ne vous ont pas empêché d'essayer, de toutes vos forces, de briser les reins au traditionalisme français et à son esprit de clocher. En dépit de votre réputation d'«anachronisme vivant», vous n'en avez pas moins scrupuleusement contribué à l'édification du Marché commun, et tout en étant accusé de vous réserver à vous-mêmes encore trop de pouvoir, vous n'avez cessé de vouloir déléguer une partie de ce pouvoir à ces mêmes «régions» nouvelles qui allaient bientôt signer votre défaite. Les réformes en France sont à peu près aussi populaires auprès des Français que s'il s'agissait de réformer le camembert.

Il y a aussi, disent-ils, cette aura de «puritanisme» autour de vous. Je suppose que c'est la raison pour laquelle le catholique dévoué que vous êtes a légalisé en France la pilule contraceptive contre le souhait déclaré du pape Paul VI.

Et maintenant, mon Général, je m'en vais vous dire quelque chose qui vous déplaira sans doute beaucoup.

Je vous soupçonne d'avoir délibérément orchestré la bataille du référendum en vue de la perdre.

Contre l'avis des experts — contre les preuves statistiques, les prévisions et les rapports préfectoraux qui laissaient tous supposer une défaite presque certaine —, et sans nécessité aucune, vous avez annoncé votre intention de démissionner si les électeurs rejetaient votre contrat législatif. Pourquoi ?

Parce que vous vouliez vous en tirer.

Parce que vous étiez fatigué d'incarner cinquante millions de Français qui n'étaient même pas là derrière vous. Parce que vous saviez que personne ne peut réformer le camembert, sauf au travers d'une révolution communiste qui l'aurait supprimé sous prétexte qu'il empeste le pourri ou qu'il est décadent. Parce que votre propre dilemme insoluble est que vous vouliez changer la France tout en la conservant en l'état. Parce que toutes vos priorités étaient d'ordre spirituel et que celles des mini-Français n'étaient que matérielles. Parce que enfin vous saviez que vous leur assigniez un rôle qu'il ne leur plaisait plus de jouer — tant ils en avaient assez de faire semblant, de vivre au-dessus de leurs moyens moraux, spirituels et psychologiques.

Vous saviez tout cela, mon Général, et je soupçonne fort que vous vous êtes fait sortir du jeu exprès, parce que c'était à vos yeux la seule façon de ne pas

connaître d'échec. Vous avez promis de ne pas déva-
luer le franc, et si vous y aviez été contraint par les
mécanismes économiques, vous auriez été obligé de
manquer à votre parole et ainsi de porter atteinte à
votre stature. Vous vous heurtiez à une nation qui ne
pensait qu'en termes de salaires, de prix, d'emplois, de
logements, de voitures, d'impôts, de congés, et qui
n'avait plus rien de la « princesse des contes » ni de la
« madone des fresques ». Et vous étiez vite devenu une
écharde dans la chair des mini-Français tant vos hautes
visées et votre indéniable prestance les ramenaient, par
contraste, à leurs dimensions réelles. Finalement Sancho Pança s'est révolté contre Don Quichotte. Vous
avez alors pris de plus en plus conscience que la seule
voie qu'on vous permettait d'emprunter consistait à
autoriser le contrôle de la croissance économique par
le capital étranger, ainsi que la rapide dissolution du
noble camembert français dans l'anonymat d'une production de masse soumise à l'uniformisation des régle-
mentations européennes. Il vous restait encore trois
années d'exercice, c'est-à-dire assez de temps pour que
le processus engagé vous rattrape : aussi avez-vous pré-
féré partir entouré d'un halo de rejet et d'ingratitude.

Au cours des derniers jours de la campagne réfé-
rendaire, comme je vous regardais à la télévision,
observant du même coup le visage de vos opposants
— Mollet, Lecanuet, Mitterrand, Giscard d'Estaing et
tutti quanti — tout en tremblant à l'idée qu'il y eût
des femmes enceintes devant leur écran, je me suis
souvenu de la simplicité avec laquelle vous aviez un
jour expliqué la différence entre le patriotisme et le

nationalisme. Lors d'une conversation d'après dîner, vous nous aviez lancé ces définitions parfaites : «Le patriotisme, c'est lorsque l'amour du peuple auquel vous appartenez passe en premier; le nationalisme, c'est lorsque la haine des autres peuples l'emporte sur tout le reste.» Et en 1965, après avoir réchappé à sept tentatives d'assassinat (dont quatre ne furent pas ébruitées), vous faisiez cette remarque : «Je dois être dans l'Histoire l'écrivain sur lequel on a le plus tiré.»

Mon Général, je suis heureux de savoir que, de retour à Colombey, vous avez repris votre plume. Apparemment cinquante-trois pour cent d'électeurs français, y compris les vingt-trois pour cent qui ont applaudi Staline et élevé un murmure tout juste poli quand la Tchécoslovaquie se faisait écraser, ont finalement accompli quelque chose de vraiment radical. Ils ont pris le temps de se regarder en face et, s'étant bien regardés, ont décidé que de Gaulle ne serait plus leur chef. On ne peut qu'admirer cette manifestation tardive d'humilité.

Traduit par Paul Audi.

À la recherche
du « Je » gaullien*

Octobre 1970

Je crois que les deux cent cinquante mille Français qui se sont jetés dès leur parution-surprise sur le premier volume des nouveaux Mémoires du Général étaient animés par une curiosité que l'on peut résumer en quelques mots : « *Qui est cet homme ?* »

C'est une question que la France et le monde ne cessent de se poser depuis trente ans. Je ne pense pas me tromper en affirmant que nous nous intéressons davantage à de Gaulle qu'à ce qu'il a accompli. On ne saurait expliquer autrement la popularité — jusque dans l'impopularité — dont il jouit encore maintenant en Amérique, par exemple, auprès des masses qui ignorent totalement son actif politique. Qu'il soit en scène à l'Élysée ou se retire à Colombey, il ne cesse d'envoûter les spectateurs et d'emplir la salle : on va voir de Gaulle dans tous ses rôles, que ce soit dans *18 juin*, dans *13 mai*, dans *Je vous ai compris*, *Le putsch des généraux*, *L'attentat du Petit-Clamart*,

   * *Le Figaro littéraire*, 26 octobre 1970, p. 8-10. Le texte comprend lui-même la mention : «"Cimarron", le 14 octobre 1970».

dans *Le référendum* ou *Le Dauphin*. Rares sont les immortels de notre histoire qui partagent ce privilège : celui de nous intéresser avant tout à eux mêmes, comme s'ils étaient leur œuvre capitale. Jeanne, très certainement : son procès nous hante plus que la croisade qu'elle avait menée. Peut-être Richelieu, mais certainement pas Napoléon, dont le « Je » se trouve par trop à l'extérieur : son épopée nous passionne plus que l'homme, l'histoire qu'il a faite plus que « son » histoire ; le poing corse avait à ce point ébranlé et marqué le monde que le personnage nous paraît tout entier dans ses conquêtes et comme privé de secret et de mystère par leur évidence même, entièrement éclairé par la foudre qu'il avait lancée.

Rien de tel avec Charles de Gaulle. Quelle que soit l'importance, pour la France, de son emprise sur les événements et du bilan de son action, celle-ci, sans la minimiser, n'a ni changé ni bouleversé le monde : il ne s'agit, malgré tout, que de *politique*. Rien de surhumain, en apparence : la décolonisation se situe dans le cadre général du retrait de l'Occident hors des territoires soumis, l'indépendance de l'Algérie est moins spectaculaire que le fut sa conquête, la stabilité l'est moins que la révolution, les institutions renouvelées font moins « grande histoire » que les institutions renversées. Le 18 juin mis à part, tout semble s'être passé comme s'il avait manqué au prince un contexte historique à sa mesure. On ne sort pas du *gouvernement*. Or le cas me semble unique : l'aura, l'éclat, le *glamour* d'un homme d'État exerçant une fascination quasi hypnotique et hors rapport avec les réalisations, aussi vitales qu'elles soient pour le pays. C'est pourquoi la ruée sur *Le renouveau* s'explique à mon avis bien plus par l'espoir de découvrir le secret du « Je » gaullien que le dessous des événements. Les amateurs de « Je » seront comblés. Les autres...

Les autres, tels que M. Soustelle, ne feront que confirmer par leurs murmures chagrins ce qu'on savait déjà depuis *Le Prince* : l'art de gouverner, de présider au destin d'un peuple, et plus encore celui de marcher quoi qu'il arrive dans le sens de l'Histoire, est fait tout entier de tactique et d'évolutions, et ceux qui prennent la manœuvre pour un engagement irréversible tombent en cours de route comme des alliés de circonstance, de simples compagnons d'étape et de péripétie. La fidélité du Général va à la France et à la France seule... C'est pourquoi, déjà, l'aigreur et la tristesse morose de ces critiques — de Gaulle n'a jamais cessé d'être pour ses ennemis un mur des Lamentations devant lequel ils s'arrachent les cheveux —, c'est pourquoi, dis-je, ces critiques, pour fondées qu'elles soient parfois, et aussi tragiques et souvent atroces qu'aient été les péripéties — je pense aux « pieds-noirs » —, sonnent déjà avec l'accent de la petite histoire, sinon de la petitesse tout court, alors que, pourtant, les victimes et les abandonnés nous regardent encore dans les yeux. On ne saurait à cet égard dire que le livre apporte une révélation quelconque...

En revanche, pour les amateurs du « Je » gaullien, l'ouvrage est d'un intérêt inépuisable. Jamais, dans ses écrits antérieurs, le Général ne s'était livré aussi tranquillement. Il suffira d'un exemple, d'un bout de phrase à propos de Malraux : « *L'idée que se fait de moi cet incomparable témoin continue à m'affer-*

mir… » On ne saurait mieux éclairer l'importance vraiment extraordinaire — et, comme nous le verrons, entièrement fondée, compréhensible, et indispensable — du « Moi » dans le grand jeu gaullien. Et c'est peut-être aussi ce qui limite en même temps la portée et l'impact politique et littéraire du livre. De Gaulle se fait de son « Moi » une idée tellement digne, élevée et « gentlemanesque » que la distinction, l'élégance, le sentiment du « comme il faut » et de ce qui « ne se fait » et « ne se dit » pas retiennent constamment sa plume. Le Général, comme mémorialiste, pèche par bonne éducation. Il refuse à sa verve le droit à la parole et en premier lieu celui de régler des comptes : nous sommes ici à l'opposé aussi bien des *Châtiments* que de Saint-Simon. Nous ne sortons à aucun moment d'un club où les membres se contentent de s'ignorer lorsqu'ils se détestent. Les éloges eux-mêmes sont mesurés et ressemblent à des bons points ou à des citations à l'ordre de la Nation. Bon soldat, a fait son devoir. À aucun moment, cet homme bien né ne se laisse aller en écrivant à ce mordant dont il est si abondamment pourvu lorsqu'il converse.

On ne saurait dire qu'il ménage ou épargne qui que ce soit : *il ne condescend pas*, c'est tout. Peut-être y a-t-il aussi l'idée qu'en attaquant ou en flétrissant, il rendrait ceux qu'il viserait ainsi symétriques de lui-même. De Gaulle ne peut se montrer anti-Mitterrand, anti-Pompidou (une hypothèse parfaitement gratuite de ma part), ou anti-X et Y, sans rapprocher ces personnalités de lui-même, sans les grandir et en faire presque des égaux *par symétrie*. L'intérêt en pâtit : on voudrait un grondement, un coup de patte, un roulement de tonnerre, ou au moins un éclat de voix, pareil à ceux qu'il arrivait à certains de saisir, lorsqu'ils se trouvaient par hasard dans un bureau voisin... Je crains fort que ce soit là ce qui risque de compromettre surtout la valeur humaine et littéraire, historique aussi, du troisième volume, celui qui traitera de mai 1968, du Dauphin, du départ... Si le Général maintient son parti pris d'élégance distinguée et de discrétion de bon aloi, c'est perdu.

Ce qui frappe aussi — et c'est pour le moins inattendu — c'est que de Gaulle, dans son propos, parle comme s'il n'avait jamais provoqué ou dominé les événements : il n'aurait fait que suivre son destin et cheminer sous sa protection dans le sens de l'Histoire. Les rapports du « Je » gaullien avec le destin sont à ce point exclusifs, témoignent d'une telle sympathie et confiance réciproques, ils semblent relever d'un tel accord ou contrat passé entre les deux partenaires — le général et la Providence — que l'homme du 18-Juin, de la déclaration de Brazzaville, le lutteur têtu et solitaire contre Roosevelt et Churchill, le décolonisateur, le réformateur et le démocrate qui s'est incliné sans hésiter devant la volonté populaire, finit par donner l'impression qu'il n'a rien suscité ou accompli lui-même, d'avoir été un simple exécutant, placé là au bon moment par Jupiter, ou son équivalent. Je ne pense vraiment pas que le Général ait délibérément cherché à donner une telle impression. Ce serait contre nature. Elle est l'effet de trois facteurs clés de l'œuvre : l'omniprésence du destin, la dédramatisation systématique — encore une conséquence d'un certain « bon ton » et de l'élégance des sentiments tels qu'on les extériorise ou plutôt qu'on n'extériorise pas, chez un homme pour qui le drame fait un peu soupe populaire — et troisièmement, l'idée on ne peut plus justifiée que dans une France digne de ce nom les décisions prises s'imposaient, ne pouvaient être différentes. Entendez par là que dans la mesure où la nation voulait demeurer à sa place au sein de la civilisation occidentale, il ne pouvait y avoir ni domination anachronique des autres peuples, ni régime pourrissant, ni capitulation devant la puissance américaine, ni valse fellinesque des gouvernements fantoches, ni dictature militaire. Sous sa plume, tout semble s'être passé simplement *comme il fallait*, sans aucun éclair génial, sans aucun Austerlitz politique admirablement conçu et exécuté.

L'impression, bien entendu, est entièrement trompeuse et nous ramène une fois de plus à ce qui constitue vraiment l'intérêt unique du livre, c'est-à-dire le « Je » gaullien. Car il est évident que pour être en mesure de « faire ce qu'il fallait » — les guillemets sont de moi —, « ce qu'on ne pouvait ne pas faire », sans avoir eu à forcer le pays, à s'emparer du pouvoir, sans bousculer la nation et la faire suer de peur, il a fallu que l'homme à la barre, entouré de guêpes, de pièges, d'ennemis, en pleine tempête, et — suprême auto-limitation — décidé à garder les mains propres, il fallait, oui, que cet homme eût une personnalité unique, singulière, hors pair. Car, n'en déplaise au Général, ce n'est pas Zeus qui avait fait à deux reprises appel à lui en pleine catastrophe, ce sont les Français. Et pour s'imposer par la seule puissance de sa personnalité et par son prestige à ce peuple, auquel, c'est bien connu, « on ne la fait pas », il fallait un rayonnement dans lequel le doigt impérieux de Jupiter entrait pour fort peu de chose. Il fallait aussi un très grand art, et je me laisserai aller à dire que je crois bien toucher là le fond de l'énigme et la clé du secret. Car, avec les éléments connus de tous les Français depuis l'école et qui ont peu à peu formé l'image France, de Gaulle, avec génie, habileté et ruse, s'est bâti un personnage prodigieux et à la mesure du matériau. Le grand secret du Général, c'est qu'il emporte la conviction par le don extraordinaire avec lequel il mime et imite l'histoire de France, utilisant les ingrédients *histrioniques* de base, images fulgurantes, réminiscences lycéennes et clichés, enfouis dans le psychisme de tout un peuple « sorti du fond des âges ».

C'est la grandeur par imitation, par référence, et par association d'idées. Il n'imite ni Saint Louis, ni Jeanne, ni Louis XI : il les imite tous, prenant à chacun ce qui lui convient, puisant à pleines mains pour bâtir de Gaulle dans le matériau incomparable que lui offre ce musée imaginaire qu'on appelle France. À croire qu'un jour, je ne sais quand, le jeune de Gaulle avait contemplé l'histoire de ce peuple et s'était dit : « Tiens, c'est inutilisé. » Je trahirais ma pensée et mon admiration si je disais que c'est là un art d'utiliser les restes. Ce n'est pas cela : c'est de l'art tout court, et du plus grand. La mémoire historique collective du peuple français a fourni à cet acteur de génie des éléments de composition de son « Moi, de Gaulle » d'une puissance de conviction d'autant plus irrésistible qu'il y entre, chez le public, une bonne part de nostalgie et de volonté de croire, malgré les airs cyniques que l'on se donne. Il serait faux de dire que le Général a tiré les marrons de ce feu que fut l'histoire de France : la mémoire historique des Français l'a fait pour lui.

À cet égard, le style du *Renouveau* est particulièrement révélateur. Je serais même tenté de dire qu'il a je ne sais quoi d'apocryphe. Et pour cause : le style imite — délibérément, que nul n'en doute — le siècle de gloire et d'influence françaises par excellence, le XVIIᵉ, et vise moins à exprimer les événements qu'à situer l'auteur dans une pérennité, une continuité des âges immortels... Lorsqu'il écrit, de Gaulle ne travaille pas à un livre : il continue à travailler à son personnage. Et lorsqu'il parle de lui-même à la troisième personne, ce qui amuse tant les Américains, il parle en réalité de l'*autre*, de celui qu'il a créé, il dit « de Gaulle » comme un auteur cite le titre de son ouvrage. Et voilà pourquoi, me semble-t-il, l'homme intéresse bien plus profondément que l'histoire qu'il a laissée dans son sillage. On n'a jamais vu une telle entreprise, et cela sans imposture, sans illusionnisme, pour ne pas dire sans charlatanisme, car le Général *vit* le rôle qu'il s'est donné, par chaque fibre de son être, de toute son âme. Il ne fait pas illusion, comme on l'a dit parfois : il a accédé à l'authenticité par imitation, sans aucun doute, mais il s'est rapproché du mythe autant qu'il est possible à un homme, et j'ai déjà écrit cent fois et je ne cesserai de répéter jusqu'à mon dernier souffle, en cet âge de « démystification », que l'homme n'est digne de ce nom que lorsqu'il poursuit le mythe de l'homme qu'il a lui-même inventé avec ferveur et amour et qu'une civilisation n'est digne de ce nom que lorsqu'elle parvient à diminuer la marge de l'irréalisable entre l'homme, donnée réelle, et l'homme, donnée imaginaire. Voilà pourquoi, aussi, avec le Général, l'œuvre politique fait l'effet d'un sous-produit de sa personnalité. On ne tourne pas les pages du *Renouveau* à la recherche de ce que furent les rapports de De Gaulle avec ses collaborateurs, partenaires ou ennemis : on les tourne à la poursuite du « Je » le plus fascinant de l'histoire contemporaine.

Et on le trouve. Si je devais résumer en quelques mots le personnage qui se lève des *Mémoires d'espoir*, je dirais qu'il n'est pas sans rappeler les héros de Jules Verne et les *Voyages extraordinaires*. Qu'on n'aille pas chercher dans cette opinion quelque facilité narquoise. Tous les vrais créateurs et conquérants de l'impossible ont gardé en eux un enfant caché, seul capable de défier le réel et dont le rêve continue à inspirer leur vie et leur œuvre, et le Général s'est inventé et créé, heureusement pour la France, avec une candeur et une continuité dont je ne connais point autour de nous d'autre exemple. Pour retrouver une telle fidélité à son « Moi » rêvé, il faudrait remonter à Jeanne, et encore n'a-t-elle point connu la maturité et ses ruses, la vieillesse et ses abandons.

La naïveté inhérente à tout rêve d'enfant et à toute conquête de l'imaginaire apparaît à chaque instant dans l'exaltation du « Je » gaullien, qui est à l'opposé de la mégalomanie, parce que, même dans l'âge si avancé elle est encore toute proche de l'adolescence, et aussi parce qu'elle est faite d'amour du pays et mise à son service. De Gaulle a utilisé l'histoire de France à son profit, mais il a tenté de donner au pays présent ce qu'il a pris au pays passé. La question de la volonté de puissance ne se pose pas, n'apparaît nulle part dans le

livre : c'est que le rêve de l'adolescent est pur. L'égo-
centrisme est innocent d'une manière presque tou-
chante : celle du *Capitaine de quinze ans*. De sa
conception de son « Je » découlent la dignité, la liberté
et l'honneur.

On a parfois le sentiment, à la lecture, d'une délibé-
ration à deux : le vieillard est installé à son bureau, et
son Je-enfant en face, dans un fauteuil. L'enfant rend
la vilenie et le sordide impossibles. La conception du
Moi = France est incompatible avec la dictature, avec
l'abus du pouvoir, avec le compromis. La fidélité de
l'homme à son personnage et à la pureté de l'adolescent était ce qui pouvait arriver de meilleur au pays et
la plus sûre garantie que le Général pouvait donner à la
démocratie. J'ai dit que l'homme tient de Jules Verne.
Relisez cette phrase tout entière embuée de rêve et
d'enfance, écrite, encore une fois, à propos de Malraux : « La présence à mes côtés de cet ami génial, fer-
vent des hautes destinées, me donne l'impression que,
par là, je suis couvert du *terre à terre*… » Qui ne sent,
derrière ce propos étonnant de franchise, ce goût un
peu naïf de l'extraordinaire, qui est bien celui des
Voyages ? Qu'ils partent vers la Lune, vers le centre du
globe, qu'ils parcourent vingt mille lieues sous les
mers, tous les héros de Jules Verne rêvent de l'impossible et se lancent à sa poursuite, ils sont tout à la fois
lunaires, irréels et envoûtants. Il y a chez le Général,
dans ses rapports avec son « Je » et dans sa solidité à
toute épreuve face aux adversités, quelque chose qui
tient à la fois de Philéas Fogg, du capitaine Némo et de
tous ces savants géniaux et farfelus que notre adolescence a suivis dans leur course vers d'impossibles

étoiles. Je ne sais si, lorsqu'il s'était mis à écouter
Charles de Gaulle, ce vieux pays avait retrouvé un instant son âme d'enfant, mais je sais qu'être un homme
c'est une poursuite inlassable d'un imaginaire fait de
dignité et de lumière, que le plus grand service qu'un
tel rêveur peut nous rendre, c'est de nous faire partager
un instant son inspiration — et aussi, que le général de
Gaulle est un rêveur hautement contagieux…

Les Français libres*

Octobre 1970

Ils venaient un à un, *individuellement* — et je souligne ce mot, car c'est peut-être ce qui caractérisait le plus fortement ces hommes libres. Vous étiez, camarades, si différents les uns des autres, mais tous marqués par ce qu'il y a de plus français dans notre vocabulaire — *individuellement, personnellement* — et tout ce qui depuis le début de son histoire caractérisait ce pays fait à la main se retrouvait dans notre esprit d'artisans de la dignité humaine. Pour devenir des Français libres, vous voliez des avions, traversiez la Manche en kayak et les océans dans les soutes à charbon : Colcanap, seize ans, que de Gaulle envoya au lycée, commandant Lanusse, qui traversa le Sahara à pied, partant de Zinder pour aboutir au Cameroun, Gratien, évadé trois fois de prison à Pau où l'on avait fini par garder ses chaussures et qui franchit les Pyrénées pieds nus… Si cette époque avait le goût d'écouter autre chose que Schmilblic, Ploom, et Prout-prout,

* *Bulletin de l'Association des Français libres*, octobre 1970, p. 25-26. Au-dessous de sa signature Gary a indiqué la date de rédaction de son texte : «24 août 1970».

je pourrais vous chanter tous leurs noms, ils sont gravés en moi, mais je me garderai bien de les jeter en pâture à cet immense *Bon Marché* bon marché que ce monde est devenu. Allez donc adorer votre lélodu, vos idoles «idoles de la chanson» et vos restaurants trois étoiles — les seules étoiles qui vous guident —, mes copains morts et vous autres, vous n'êtes pas du même pays.

Il est difficile de comprendre aujourd'hui ce que signifiaient en 1940-1941, les mots «Français libres», en termes de déchirement, de rupture et de fidélité. Nous vivons une époque de cocasse facilité, où les «révolutionnaires» refusent le risque et réclament le droit de détruire sans être menacés eux-mêmes. Pour nous, il fallait rompre avec la France du moment pour demeurer fidèles à la France historique, celle de Montaigne, de Gambetta et de Jaurès, ou, comme devait écrire de Gaulle, pour demeurer fidèles «à une certaine idée de la France». Pour assumer cette fidélité, il fallait que nous acceptions d'être déserteurs, condamnés à mort par contumace, abandonner nos familles, se joindre aux troupes britanniques, au moment même où la flotte française venait de couler la flotte française à Mers el-Kébir. Tout cela alors que plus de quatre-vingt pour cent de Français étaient fermement derrière Pétain. Il fallait avoir une foi singulièrement sourde et aveugle pour être sûr d'être *fidèle*. Je ne prétends point que chacun de nous s'était livré à ses douloureux examens de conscience avant de « déserter ». Ce ne fut pas mon cas, en tout cas. Ma décision fut organique. Elle avait prise pour moi, bien avant ma naissance, alors que mes ancêtres campaient dans la steppe de l'Asie centrale, par les encyclopédistes, les poètes, les cathédrales, la Révolution et par tout ce que j'avais appris au lycée de Nice des hommes tels que le professeur Louis Oriol. J'avais «déserté» de mon escadre de l'École de l'Air pour passer en Angleterre «dans le mouvement», en quelque sorte, et j'entends par là le mouvement historique, le brassage des siècles.

Un homme aigre, humoriste de son métier, me dit un jour, avant que je ne l'insulte grossièrement : «La France libre, de Gaulle, la Résistance… tout cela n'a guère joué de rôle dans la Victoire. L'Amérique a tout fait.» C'est bien possible, mais ce qui compte dans l'histoire de mon pays et de l'humanité en général, ce n'est pas le rendement et l'utilitaire, mais la mesure dans laquelle on sait demeurer attaché jusqu'au sacrifice suprême à *quelque chose qui n'existe pas en soi, mais est peu à peu créé par la foi que l'on a en cette existence mythologique.* Les civilisations se sont faites et maintenues comme une *aspiration* et par la fidélité à l'idée mythologique qu'elles se faisaient d'elles-mêmes. Dire que la France libre n'a servi à rien, qu'elle fut une entreprise poétique, c'est ignorer totalement la part que la foi, le sacrifice et l'illustration *vécue* du mythe jouent dans la création ou la pérennité des valeurs. Les civilisations naissent par mimétisme, par une mimique entièrement *vécue* de ceux qui nourrissent de leur vie leur vision mythologique de l'homme. Ce processus de «sublimation» forme peu à peu un résidu de réalité ; c'est de cette fidélité à *ce qui n'est pas* que naît *ce qui est*, et il n'y a pas d'autre voie de la barbaque à l'homme. La France libre, en termes d'utilité, de rendement, de *realpolitik*,

ne signifiait pas grand-chose. Vichy était certainement quelque chose de plus commode, de plus pratique, de plus politique, de plus combinard. Mais
Vichy réduisait la France au niveau d'expédient, alors
que les Français libres soutenaient de leur idéalisme,
de leur gesticulation et leur « folie » tout ce qui, dans
notre histoire, s'était sacrifié au nom de cet imaginaire
que les hommes transforment en approximation de
réalité vécue en nourrissant son existence avec amour
et au prix de leur vie. L'homme en tant que notion de
dignité n'est pas une donnée, mais une création, et il
n'est concevable que comme une incarnation assumée
de l'imaginaire, comme fidélité à un mythe irréalisable mais qui laisse des civilisations dans le sillage
de son accessibilité.

Les Français libres ont été ces pionniers de l'imaginaire. Ils n'étaient ni plus héroïques ni meilleurs que
les pilotes de la bataille d'Angleterre, de Stalingrad ou
de Normandie. Mais pour être des combattants, il leur
fallait accepter d'être qualifiés — et pas seulement
en France occupée, mais en Angleterre même — de
« mercenaires », d'« aventuriers » et d'être couverts
d'injures par tous les orifices buccaux du « pays
légal ». Nous haussions les épaules, mais notre comportement était souvent marqué par ce harcèlement et,
à nos propres yeux, nous étions ceux qui « n'ont plus
rien à perdre ». Nous avions, des « irréguliers », un
certain côté « desperado », boucanier, et en conséquence, évidemment, la discipline n'était pas notre
caractéristique principale. Mon chemin de sergent à
capitaine fut marqué par une rétrogradation, de je ne
sais combien de jours d'arrêts de rigueur, et même

d'une sorte de conseil de guerre, lorsque, après avoir
tiré la courte paille à l'hôtel Saint George, à O-diham,
je fus chargé d'exécuter le chef de l'état-major de
l'Air, qui empêchait notre départ en escadrille. Il ne
fut point tué, du reste. Dès qu'on nous empêchait de
nous battre — la seule justification de notre «déser-
tion» —, nous devenions ingouvernables. Et certains
d'entre nous, très peu nombreux, il est vrai, n'arrivaient pas à se faire à l'idée d'être des «hors-la-loi».
L'un d'eux avait même fini par prendre son avion et
par rejoindre les forces de Vichy. De tels incidents,
plus les trois mille soldats anglais tués par les Français du général Dentz, en Syrie, ne nous rendaient pas
populaires dans les mess alliés, et le général Monclar
eut le crâne fendu par une bouteille dans une rue
de Beyrouth. C'était l'époque difficile de 1942, où le
général de Larminat, admirable écrivain, nous soutenait le moral par des ordres du jour dignes de Victor
Hugo. Nous ne tenions au fond qu'à coups de littérature : entendez par là tout ce que les Français savent
se raconter sur eux-mêmes, de Jeanne d'Arc à Napoléon. Le mythe de cette France historique était notre
pain quotidien et de Gaulle avait juste ce qu'il fallait
d'un gisant de cathédrale et d'armure de chevalier
pour soutenir notre inspiration. On continuait à regarder les autres de haut, chacun avait dix siècles d'histoire dans sa giberne. Il y eut l'horreur des luttes
fratricides, au Gabon et en Syrie, avec toute la haine
et la fureur des guerres civiles, et pour moi, cela alla
un jour jusqu'au duel au couteau, dans une ruelle de
Damas. Le feu sacré grésillait parfois comme les
flammes de l'enfer, dans cette île des Moustiques,

notamment, au large de Libreville, où fut déporté le général Testu.

Il y avait cependant aussi de très grandes joies. Une lettre qui vous parvenait de France : «de tout cœur avec toi», et signée des prénoms de vos camarades de lycée et d'université. Les faveurs des filles : le battle-dress noir, avec l'écusson «France» et cette réputation de têtes brûlées, quand on a vingt ans… On échappait au mariage en se faisant tuer à temps. Nous étions très peu nombreux, jusqu'en 1942, et nous étions ainsi de toutes les fêtes : de la bataille de Londres à Koufra, de Khartoum à Bir Hakeim, de Libye en Érythrée, les survivants devenaient de plus en plus frères, petit groupe de jeunes gens qui se déplumait à chaque aube, et bien que nous ne soyons aujourd'hui que cinq ou six sur les cent vingt que nous étions en juillet dernier, je ne suis pas tellement sûr, en cette année 1970, que c'est nous qui sommes les vivants, et vous, Goumenc, Bouquillard, Flury-Hérard et tous les autres, les morts. Il y a quelque chose dans nos visages que je vois si clairement devant moi qui n'appartiendra jamais à l'ombre. Et si la tristesse me prend à la gorge au moment où j'écris ces mots et que je vous vois devant moi, Boisrouvray, Roquère, Crouzet, ce n'est pas parce que vous n'êtes plus là : c'est parce que c'est une très grande solitude, pour un homme, en 1970, d'être encore un Français libre. Cela va mal avec l'esprit des temps.

Pour le reste… Je vous retrouve souvent, vous, les «disparus». Il m'arrive de louer un avion et d'aller vous voir. Maidaguri au Nigeria, je retrouve Delaroche, Jabin, Prébost, tombés en 1942. Ils me disent que j'ai vachement vieilli. Sur ce bout de désert libyien

d'où partaient jadis nos «Blenheims», j'erre longuement avec cette croix de Lorraine que je porte sur moi
comme un peu de vous-mêmes. J'écoute votre silence,
Maltcharski, Daligot, Lévy, Brunschwig, de Thuisy, et
votre silence est plein de rires et de confiance dans
cette France exemplaire que personne ne verra jamais :
le pays du délire matérialiste vous a épargnés. Sur le
terrain de Gordon's Tree, à Khartoum, je suis allé voir
Antomarchi, mourant de tuberculose entre deux missions, et les policiers soudanais me regardaient avec le
respect dû aux fous, car ils croyaient que je parlais à
moi-même. Et n'a-t-on pas retrouvé, il y a trois ans, les
momies de Le Calvez, Devin, et Claron, préservés par
les sables du Tibesti pendant trente ans ? Je me suis
posé à l'oasis d'Ounianga Kebir et vous êtes toujours
venus au rendez-vous. Il n'est pas facile de retrouver
vos tombes dans la forêt du Congo où vous êtes tombés, Hirlemann, Bécquart. Il faut deux jours de piste.
Et sur ces verts terrains d'Angleterre dont vous vous
êtes un jour envolés pour ne plus jamais revenir, Lau-
rent, Labouchère, Max Guedj, Fayolle, Maridor, Mou-
chotte, Béguin, Castelain, j'ai su, moi, oui, j'ai su vous
faire revenir avec vos vingt ans intacts et que ceux qui
ne me croient pas aillent donc faire du *marketing* et des
placements immobiliers.

Vous n'étiez pas des êtres exceptionnels. Ce qui
vous rendait différents des jeunes Français d'aujour-
d'hui, c'est que pour vous la France n'avait pas encore
été démystifiée et que vous n'étiez pas capables
de vous voir dans ce vieux pays, qui fut pendant si
longtemps *une façon d'être un homme*, une simple

structure sociologique. Vous apparteniez encore à une culture où l'on ne parlait pas d'un homme comme d'un *cadre*. Vous étiez plus proches de ce qui fut toujours, à travers les âges, une civilisation, parce que vous étiez le contenu réel et vivant de l'*imaginaire* et parce que seules les mythologies assumées et incarnées peuvent porter l'homme au-delà de lui-même et le créer peut-être un jour tel qu'il se rêve.

Il est étrange, pour un écrivain, d'avoir toutes ses sources dans quelque chose dont il ne parle jamais dans son œuvre. La parole tend à profaner, à *exploiter*, dans un souci d'art…

Mais souvent, je ferme les yeux, vous me souriez — et c'est soudain comme si personne n'était mort.

Romain Gary s'était engagé auprès de l'ordre de la Libération à écrire un livre témoignage sur les Compagnons de la Libération, avec l'aide technique du futur journaliste et écrivain Jérôme Camilly. Au début de l'année 1978, « la documentation est rassemblée » (Paul Pavlowitch, L'homme que l'on croyait, Fayard, 1981, p. 244), mais, pour les raisons qu'il donne dans une lettre adressée à Jean-Claude Lattès et reproduite ci-dessous, Romain Gary renonce. Abandonnant un projet qui touche à l'intime et à l'ultime, il n'en aura plus aucun autre : « À la fin de l'année 78, il arrête d'écrire » (ibid., p. 254) et, en manière d'excuse, quand Les cerfs-volants paraîtront en 1980, il en fera « un tirage à part pour les Compagnons de la Libération » (ibid., p. 309). (J.-F. Hangouët.)

Romain Gary   Paris, le 17 novembre 1978
108, rue du Bac
75007 Paris

   Cher Jean-Claude,
   J'ai échoué. Je ne suis pas parvenu à trouver une façon —
si tant est qu'elle existe — d'aborder le sacrifice et les combats des Compagnons ni dans leur ensemble, ni individuellement, sans tomber dans l'énumération anecdotique que
d'autres ont déjà faite. Et aussi, je me suis aperçu à tous les
instants de mon travail de ce dont je me doutais… De très
nombreux résistants plus ou moins obscurs ont souvent été
tout aussi exemplaires. Il y a enfin le fait essentiel que, ne
pouvant, de toute évidence, traiter les Compagnons dans
leur ensemble, il ne m'est pas non plus possible de faire un
« choix de Compagnons », lequel serait d'autant plus arbi-
traire qu'un bon millier d'entre eux ne sont et ne peuvent
être documentés, surtout les morts, et que l'excellent travail
de Jérôme Camilly n'a porté, par la force des choses, que
sur un dixième d'entre nous, et que tout choix serait arbi-
traire et une injustice.
   Donc, je renonce. C'est définitif.
   Je vais voir avec Claude Gallimard la question du rem-
boursement de l'avance. Il y a aussi la question de la secrétaire qui continue à mettre les notes au propre.
   Je regrette cet échec pour vous et pour moi mais m'en
réjouis, au fond, pour les Compagnons. Qu'ils demeurent à
l'abri de cette injustice qui consisterait dans le choix des uns
et l'ignorance des autres.
   Bien amicalement,

                                            Romain Gary

Réf. *Archives de l'auteur.*

Malraux,
conquérant de l'impossible*

Novembre 1977

Je l'ai vu pour la première fois en 1935, dans une baraque de tir forain, à Montmartre : il visait une de ces balles qui dansent sans fin sur un jet d'eau, et c'est ainsi que je le vois encore, dans ma fidélité et dans mon regret : à la fois balle bondissante et fontaine jaillissante, cascadeur de l'univers dans un foisonnement d'idées qui ne cessaient de fuser et de se retourner mille fois sur elles-mêmes, prodigieux lanceur d'interpellations qui ne touchaient terre que pour s'élancer à nouveau, et dont le rapport avec la vérité était d'abord celui avec la beauté.

Jamais, dans mon expérience humaine, je n'ai connu d'être aussi acharné à chercher une éthique dans l'esthétique, d'homme pour qui l'action fût avant tout une tentative de mettre fin à la mortelle aliénation de la beauté. À ceux qui lui reprochaient son interminable pérégrination à travers les musées, au cours de la

* Catalogue de l'exposition Malraux organisée par la Chancellerie de l'ordre de la Libération, 1977. Publié simultanément dans *Le Monde* du 18 novembre 1977 sous le titre « André Malraux ou l'honneur d'être un homme ».

deuxième partie de sa vie, je rappelle que la culture fait toujours passer ce qui nourrit les hommes avant ce qui nourrit la culture. Mauriac avait dit de lui, dans les années cinquante : « Il s'est retiré sous sa tente avec des cartes postales. » Peut-être, mais la tente était celle de l'éternel nomade à la recherche d'un sens au désert, et les « cartes postales » des chefs-d'œuvre étaient des points de repère dans ces cheminements. Il avait écrit que l'humanité progresse « en enterrant de plus en plus loin les cadavres de ses aventuriers », et il fut toujours lui-même la patrouille la plus avancée de cette errance. Nous avons oublié un peu aujourd'hui qu'il fut le premier à pressentir et à *créer* dans ses romans l'homme qui allait venir, celui de la Résistance, des chambres à gaz et du sacrifice du matin. Si Jean Moulin, d'Estienne d'Orves, Pierre Brossolette, et — en face… — Che Guevara, Castro, ou, plus à la mesure d'aujourd'hui, un Régis Debray, ou les terroristes allemands et italiens, n'étaient certes pas sortis des *Conquérants*, de *La condition humaine* et de *L'espoir*, ils furent néanmoins *prévus*, annoncés dans cette suite d'œuvres, avec une prescience sans précédent dans l'histoire du roman.

L'attachement de Malraux à de Gaulle était avant tout un attachement à une haute idée de l'homme. C'était une exigence que seul l'art pouvait assouvir dans son besoin de perfection mais à laquelle de Gaulle répondait mieux que tout autre personnage de l'histoire contemporaine, parce qu'il ne s'agissait toujours, avec lui, ni d'idéologie ni de politique mais d'*éthique*. Lorsqu'il sortait de son Musée imaginaire, Malraux demeurait continuellement à la recherche de ce que j'oserais appeler l'honneur d'être un homme, de ce que Rembrandt ou Leonardo exprimaient et réalisaient dans la dimension artistique. Or, cette fameuse «certaine idée de la France», «madone des fresques et princesse des légendes», n'était pas autre chose que ce qu'un chef-d'œuvre aurait pu devenir s'il avait pu s'incarner dans le peuple français. On ne saurait nier cette évidence : dès les premières lignes des *Mémoires* apparaît chez de Gaulle une vision hautement *esthétique* du pays français, un goût d'un imaginaire qui serait passé de la culture dans la réalité humaine et sociale. Le lien qui unissait Malraux à de Gaulle était celui d'une aspiration qui, malheureusement, dans l'histoire des civilisations, n'a donné que la chapelle Sixtine et des trésors artistiques, mais n'est jamais parvenu, à partir de cet océan originel créé par nous et qui est la culture, à féconder vraiment les cœurs, les esprits et les sociétés. De Gaulle et Malraux étaient des conquérants de l'impossible, en ce sens qu'ils exigeaient de l'homme ce que celui-ci ne pouvait obtenir que de l'art ou du mythe.

«Le Néant, a écrit Heidegger, est apparent au fond de l'homme.» Toute la vie de Malraux a été une lutte acharnée pour combler ce Néant par la culture et, chez lui, comme chez de Gaulle, par l'action que cette culture exigeait. Je ne connais pas de lutte plus acharnée dans l'histoire de l'art et de la littérature que celle de l'auteur des *Voix du silence* pour faire de la culture un «anti-néant».

Encore faudrait-il s'entendre sur ce que le mot «culture» peut signifier dans un tel combat inégal. Je ne puis prendre ici sur moi de répondre pour celui qui n'est plus là et, assez étrangement, ne s'est jamais prononcé là-dessus directement lui-même. Mais au cours d'une amitié de quarante ans, et de conversations où chaque réponse ne cessait d'appeler une question nouvelle, je crois avoir reçu, de sa part, une sorte d'approbation tacite à ce que j'entends par là.

La culture est ce qui créerait l'âme humaine, si Dieu n'existait pas — ou peut-être l'a-t-elle créée. La culture, c'est le moment où l'art abstrait commence à peser dans la conscience d'un jeune bourgeois français sur le destin des peuples colonisés. C'est l'œuvre de Renoir exigeant la fin des taudis, dont la sensibilité du peintre ne s'était jamais émue. La culture c'est ce qui, dans Giotto, se met à lutter aujourd'hui contre la sous-alimentation dans le monde, c'est ce qui, chez Rembrandt, chez Vermeer, chez Cézanne, rend à ceux qui ne manquent de rien la situation des masses dans un pays sous-développé incompatible avec l'œuvre de Rembrandt, de Vermeer ou de Cézanne. La culture est ce qui détermine dans les sociétés le changement de tout ce qui rend la culture indiscernable et privilégiée, c'est un épanouissement du rythme respiratoire qui ne s'accommode d'aucun étouffement — au Chili, en Tchécoslovaquie ou dans le Goulag. Nous retrouvons ici ce que Malraux entendait par la «métamorphose de l'art» : la culture est un changement des œuvres par le progrès qu'elle exige ; elle obtient des monstres sociaux de Balzac ou de Dickens qu'ils perdent la société qui leur a donné naissance. La culture force l'art à poignarder dans le dos la réalité douloureuse qui l'a inspirée. Lorsque Malraux construisait quelque part une maison de la culture et faisait éclater les surréalistes, Braque ou Picasso sous le nez d'une petite société retardée, il consolidait ainsi le droit des hommes à une vie digne d'une manière plus puissante que la Constitution, et si certains milieux en sont encore à s'indigner contre l'art abstrait, c'est qu'ils sentent planer sur eux confusément une menace dans ce qui, apparemment, ne s'occupe nullement de leurs privilèges ou de leurs abus. Voilà donc pour l'homme qui s'était «réfugié dans l'art», qui s'était «retiré sous sa tente avec des cartes postales».

Le moment est peut-être venu aussi de répondre à tous ceux, surtout en Angleterre et aux États-Unis, qui ne voyaient dans toute la série de *L'Univers des Formes* qu'une noyade du sens camouflée sous une déclamation gesticulatoire. Si ces critiques avaient parlé d'une «récitation incantatoire», et s'ils avaient prononcé le mot de *récitant*, qui évoque si bien les premières assemblées des hommes autour du feu, ils seraient venus beaucoup plus près de la vérité. Car il se trouve que dans les écrits sur l'art de Malraux, la pensée, l'intelligence, le style ne sont point utilisés dans le sens d'une «philosophie» mais dans un but d'ébranlement esthétique qui mobilise tout ce qui, en nous, est volonté de transcendance et de dépassement. C'est un de ces cas rarissimes en littérature où la pensée, naissant du style, y retourne et, bien que n'apportant souvent aucune réponse intelligible, nous met dans cet état de grâce qui est comme un commencement de réponse, ou nous incite à la chercher. Le sens continue à se dérober mais acquiert une omniprésence immanente en tant que *pressentiment*. En dehors de certaines pages de Nietzsche, je ne connais pas d'autre exemple d'intellect utilisé comme un moyen d'induction d'un état puissamment poétique, d'un tumulte intérieur qui répond au néant indéchiffrable par un ébranlement prémonitoire. La pensée de Malraux ne livre pas de secret : elle joue dans la psyché française le même rôle mystérieux que le chant dans l'âme allemande. C'est une *galvanisation*. Il sera sans doute toujours impossible de parler de compréhension lorsqu'on parle de la condition humaine, mais Malraux est monté plus haut dans l'incompréhension que n'importe qui, et je ne vois pas quelle autre mission on peut assigner à l'art.

L'homme ne sera jamais autre chose que cette petite balle dont je parlais au début, bondissant sans cesse vers un logos inaccessible sur la fontaine jaillissante qu'il est lui-même. Que ce soit en Indochine où, dès 1924, il publiait un journal qui réclamait la fin de la colonisation, en Espagne, dans la Résistance ou à la brigade Alsace-Lorraine, notre compagnon ne cessait de répondre « au néant au fond de l'homme » par une conception de la vie et de la mort qui était peut-être moins la recherche d'un sens qu'une empoignade perpétuelle et poignante avec son absence.

Il y avait chez ce mime du tragique un don d'enthousiasme presque juvénile que ni l'âge ni la maladie n'étaient parvenus à éroder. Lorsque je le voyais regarder un tableau dans un musée, j'avais l'impression qu'il allait le saisir, l'épauler et viser le fond de l'inconnu. Sa conversation elle-même était une galopade frénétique par-dessus tous les obstacles du non-sens à la recherche d'une proie qu'il serait enfin possible de saisir, d'identifier une fois pour toutes — et peut-être d'accrocher au mur d'une maison de la culture. Il était parfois impossible de le suivre sans demander pitié. La conversation de Malraux consistait à vous placer à ses côtés, d'égal à égal, sur la rampe de lancement, à bondir aussitôt vingt fois sa propre hauteur en effectuant trois doubles sauts périlleux et un vol plané par-dessus la charpente dialectique du discours, et à vous attendre à l'autre bout de l'ellipse avec une formule-conclusion éblouissante, appuyée par un regard complice qui vous interdisait de ne pas comprendre et de lui demander par où il était passé pour arriver là. Des envolées, des plongées à pic, et des sous-marins qui se perdent. Une volonté de dépassement tellement farouche, une telle empoignade désespérée avec tout ce qui, dans le destin de l'homme, n'offre pas de prise… Si l'univers était capable d'une réponse, c'est à cet homme-là qu'elle l'aurait donnée.

Lettres de Charles de Gaulle
à Romain Gary

I

10 novembre 1956

Mon cher Romain Gary,

Votre «Les Racines du ciel» c'est un grand et beau livre. En le lisant, j'ai été saisi tout de suite par le courant. Les idées, les personnages, les descriptions, le style, tout cela fait une espèce de fleuve. Je me félicite qu'il m'ait emporté.

En vous remerciant et en vous redonnant mon admiratif témoignage, je vous demande de croire, mon cher Romain Gary, à mes sentiments bien cordialement dévoués,

C. de Gaulle

Réf. *Archives de l'auteur.*

II

3 juillet 1960

Mon cher Romain Gary,

« La promesse de l'aube », c'est un livre excellent. Je l'ai lu avec plaisir et non sans émotion. Le talent y est éclatant. À cet égard, vous voici en plein midi. Et moi, pour toutes les raisons qui furent et qui sont « nôtres » je me félicite de voir se développer votre grande carrière littéraire.

Veuillez être assuré, mon cher Romain Gary, de mes souvenirs fidèles et de mes sentiments bien cordialement dévoués.

C. de Gaulle

Réf. *Ch. de Gaulle*, Lettres, notes et carnets, *juin 1958-décembre 1960, Paris, Plon, 1985, p. 374-375.*

III

9 juillet 1962

Mon cher Romain Gary,

Votre talent est à l'œuvre à chaque ligne de chacune des nouvelles que je viens de lire. Celle que je préfère c'est « Le Faux ». Mais j'aime toutes les autres. Merci, merci pour « Gloire aux illustres pionniers ».

Avec amitié et admiration, je suis votre carrière d'écrivain, c'est-à-dire votre ascension.

Veuillez croire, mon cher Romain Gary, à mes sentiments et souvenirs bien fidèles.

C. de Gaulle

Réf. *Ch. de Gaulle*, Lettres, notes et carnets, *janvier 1961-décembre 1963, Paris, Plon, 1986, p. 245.*

IV

23 juin 1963

Mon cher Romain Gary,

Votre roman «Lady L.», c'est très fort! Au point que certains disent que «vous allez fort». Quant à moi, j'y vois, porté par un magnifique talent, un prodige d'humour et de désinvolture. Quelle chance est la vôtre qu'il y ait les Anglais! Mais, cette chance, comme vous la méritez!

Veuillez être assuré, mon cher Romain Gary, de mes bien fidèles sentiments.

C. de Gaulle

Réf. *Ch. de Gaulle*, Lettres, notes et carnets, *janvier 1961-décembre 1963, Paris, Plon, 1986, p 344.*

V

30 décembre 1965

Mon cher Romain Gary,

Quel feu d'artifice est votre livre «Frère Océan, pour Sganarelle»! Mais aussi quel laminoir votre philosophie de la littérature, pour autant qu'elle soit le roman! Voilà qui fait paraître sous une lumière nouvelle le très grand talent que vous avez. Je ne puis, pour ma part, que vous en remercier et vous en faire mon vif compliment.

Veuillez croire, mon cher Romain Gary, à mes sentiments toujours bien amicalement dévoués.

C. de Gaulle

Réf. *Ch. de Gaulle*, Lettres, notes et carnets, *janvier 1964-juin 1966, Paris, Plon, 1986, p. 221.*

VI

18 juillet 1966

Mon cher Romain Gary,

Heureux, peut-être, «Les Mangeurs d'étoiles», puisqu'ils vivent avec leur rêve et meurent avec leur chimère! Mais, alors, que de dictateurs surgirent encore — après tant d'autres! — de l'Amérique indienne, dite latine! Votre roman est beau, coloré, un drame humoristique. Merci de l'avoir écrit.

Une fois de plus, agréez le salut de mon admiration. Et veuillez me croire, mon cher Romain Gary, votre amicalement dévoué

C. de Gaulle

Réf. *Ch. de Gaulle*, Lettres, notes et carnets, *juillet 1966-avril 1969, Paris, Plon, 1987, p. 16.*

VII

7 août 1967

Mon cher Romain Gary,

Que de talent, à coup sûr, que d'idées et de passions aussi, enfin que d'ironie transcendante dans «La Danse de Gengis Cohn»! Vous nous prenez et nous secouez. Ah! vous ne nous ménagez pas, qui que nous soyons qui vous lisons, même pas les juifs, longuement dispersés et persécutés, puis odieusement massacrés, et en qui, peut-être, pousse maintenant l'impérialisme. Mais, pour un livre comme celui-là, vous, non plus, ne serez épargné. Je ne pense pas que cela vous gêne.

Veuillez croire, mon cher Romain Gary, à mes sentiments fidèlement et cordialement dévoués.

C. de Gaulle

Réf. *Ch. de Gaulle*, Lettres, notes et carnets, *juillet 1966-avril 1969, Paris, Plon, 1987, p. 129.*

VIII

15 avril 1968

Mon cher Romain Gary,

J'ai lu «La tête coupable» avec tout l'étonnement admiratif dont me submerge votre grand talent à mesure de vos œuvres. Les conventions sont vos victimes, à moins que vous n'en créiez de nouvelles et, cette fois, à Tahiti. Car, de par vous, voici campés dans l'image des îles certains personnages qu'on n'en séparera plus.

Au revoir, mon cher Romain Gary. Croyez, je vous prie, à mes sentiments fidèles et dévoués.

C. de Gaulle

Réf. *Ch. de Gaulle*, Lettres, notes et carnets, *juillet 1966-avril 1969, Paris, Plon, 1987, p. 211.*

IX

22 juillet 1969

Mon cher Romain Gary,

Il fallait bien que vous vous saisissiez de la «jeunesse». À condition que celle-ci soit étrange, bariolée et désespérée. Si vous le faisiez, il fallait bien que ce soit de tout votre talent et que celui-ci atteigne son maximum. Voilà qui est fait dans votre «adieu, Gary Cooper».

En vous remerciant de l'avoir écrit juste au moment où j'ai pu bien le lire, je vous demande de croire, mon cher Romain Gary, à ma fidèle amitié.

C. de Gaulle

Réf. *Ch. de Gaulle*, Lettres, notes et carnets, *mai 1969-novembre 1970, Paris, Plon, 1988, p. 50.*

X

7 avril 1970

Mon cher Romain Gary,

Puisque votre passion et votre talent veulent s'emparer des causes de ceux qui sont persécutés, il fallait bien que vous en veniez aux Noirs américains.

Vous le faites avec tant de couleur et de profondeur, à coups de tant d'idées et d'images, qu'on en est, une fois de plus, saisi, ému et convaincu. Merci de tout cœur pour « Chien blanc ».

Veuillez croire, mon cher Romain Gary, à mon amitié fidèle.

C. de Gaulle

Réf. *Ch. de Gaulle*, Lettres, notes et carnets, *mai 1969-novembre 1970*, Paris, Plon, 1988, p. 120.

XI

19 mai 1970

Mon cher Romain Gary,

Dans « Tulipe », vous peignez — admirablement — ce trait principal de notre époque que tout y confine à tout : l'idéalisme et le cynisme, l'apostolat et le ricanement.

Je suis heureux de votre talent et toujours sensible à votre pensée.

Soyez assuré, mon cher Romain Gary, de mes sentiments de fidèle amitié.

C. de Gaulle

Réf. *Ch. de Gaulle*, Lettres, notes et carnets, *mai 1969-novembre 1970, Paris, Plon, 1988, p. 133.*

Le « gaullisme » de Gary

« On imagine mal de Gaulle en général[1]. »

« *[Question :]* À quel moment êtes-vous devenu gaulliste ?

« *[Romain Gary :]* Gaulliste, mon cher ami… gaulliste ! Qu'est-ce que ça veut dire ?! U.D.R.? euh… R.P.F.? euh… France libre ? Réactionnaire ? Néo-fasciste ? Socialiste ? euh… ! qu'est-ce que ça veut dire ? Vous voulez m'expliquer ?! Je vous répondrai quand vous me direz de quoi il s'agit[2]… »

*

Oui, de quoi s'agit-il donc ? En deux mots, l'on dira qu'il s'agit d'un « gaullisme inconditionnel », conforme à ce que Romain Gary avait lui-même

---

1. R. Gary, *La Nuit sera calme*, Paris, Gallimard, 1974 ; repr. coll. « Folio », nº 219, p. 267.
2. Interview filmée de R. Gary, in *Visages de cinéma* de Bernard Gesbert, 1972. Extrait repris par O. Mille et A. Asséo dans leur film intitulé *En quête de Romain Gary*, coll. « Un siècle d'écrivains », projeté sur France 3 le 18 février 1998.

déclaré, non sans une pointe d'humour, dans le journal *Le Monde* en 1969 :

> Disons d'abord les choses clairement : je suis un « gaulliste inconditionnel ». Et puisque je fais ici cet aveu compromettant, aux conséquences imprévisibles pour moi et ma famille, je tiens à donner ici la définition du « gaulliste inconditionnel » à laquelle je me suis efforcé de demeurer fidèle depuis juin 1940. Un « gaulliste inconditionnel » est un homme qui s'est fait une certaine idée du général de Gaulle, comme le général de Gaulle « se fait une certaine idée de la France ». Dès que les deux conceptions cessent de coïncider, les liens sont rompus. Il s'agit donc bien plus d'une fidélité du général de Gaulle qu'au général de Gaulle. Fidélité à quoi ? À une « certaine idée de la France », justement, qu'il avait présentée aux Français libres bien avant de l'avoir formulée dès les premières lignes de ses *Mémoires*. Et cette idée, cet idéal — « la madone des fresques, la princesse de légendes » — est, par définition, incompatible avec une France du mensonge ou de la propagande tendancieuse[1] [...].

Ce mot de *gaullisme*, ce mot qui, depuis qu'on en use et abuse, reçoit tous les dix ans une signification différente, il faudra donc prendre soin, si nous l'appliquons aux liens qui ont unis Romain Gary et Charles de Gaulle, de le mettre aussitôt entre guillemets, tant il a été en l'occurrence aussi *singulier* que ces deux hommes, associés depuis l'été 1940 au nom de la fra-

---

1. R. Gary, « Gaulliste inconditionnel », *Le Monde*, 23-24 juin 1969, p. 6.

ternité humaine, de cette « fraternité anonyme, sans visage, sans nom, sans lien personnel », de cette « fraternité à l'état pur, la vraie », que Gary ne se lassait pas d'évoquer[1]. Citant ces derniers mots, j'entends d'ores et déjà les ricanements : « Cessez donc ce lyrisme incongru et retrouvez vos esprits : cette fraternité sans visage, ce n'est rien d'autre, reconnaissez-le, que la dernière fumée d'une réalité qui s'évapore, pour ne pas dire un simple *flatus vocis* que n'invoque personne et qui n'évoque plus rien… » C'est pourtant se méprendre. Car, s'agissant de Romain Gary, cette fraternité assumée, semble-t-il, envers et contre tout avait beau se présenter comme un être de raison (cette raison fût-elle noblement politique), elle n'en était pas moins un *être de passion* — cette passion étant dans ce cas proprement « filiale ». J'en veux notamment pour preuve un épisode de la vie de l'auteur qui l'illustre parfaitement et qu'il a lui-même narré dans *Chien blanc*[2]. Nous sommes alors en mai 1968. Il y a beau temps que le lieutenant Gary de Kacew s'est engagé aux côtés du chef de la France libre. Dans les rues de Paris où se dressent des barricades, gronde une révolte à l'occasion de laquelle s'exprime, sans nuance ni prudence, un ras-le-bol quasi général. Pour certains, ce coup de sang a tout l'air d'un coup d'État. Pour d'autres, sous la chienlit et le grotesque, il y a beaucoup d'espoir et autant d'imagination. Certes, on ne hurle pas « la liberté ou la mort », on scande

1. R. Gary, *Les trésors de la mer Rouge*, Paris, Gallimard, 1971, p. 18.
2. R. Gary, *Chien blanc*, Paris, Gallimard, 1970 ; repr. coll. « Folio », n° 50, p. 205.

qu'il est interdit d'interdire et que sous les pavés la plage...

Cette jeunesse se réjouissant de ses pouvoirs recouvrés savait-elle vraiment à quel point « la jeunesse est un art », comme l'affirmait Oscar Wilde, ce parangon de bonne santé que Gary, ne l'oublions jamais, comptait parmi ses maîtres[1] ? Comme tout art « est une naissance commandée par la vie[2] », une naissance qui, s'il nous était donné de demeurer fidèles à l'esprit qu'elle insuffle dans nos corps, exigerait de nous « la fin du culte de la douleur dans l'art[3] », il faut bien admettre que la jeunesse ne saurait être une simple question d'âge. C'est une affaire de cœur, de caractère, de force d'âme — c'est la conviction, quelquefois démesurée mais toujours héroïque, que « le bonheur est au fond de l'homme et donc au fond des choses[4] ». En tout cas, tel est le « bain de jouvence » dans lequel Gary n'aura cessé de tremper sa plume, et ce n'est surtout pas Émile Ajar qui nous prouverait le contraire. Ce n'est pas non plus l'auteur de *La promesse de l'aube* qui se sera voilé la face devant l'antinomie du jouir et du vieillir.

Or, en 1968, c'est de Gaulle lui-même qui avait pris un coup de vieux. Gary, lui, en attendant de devenir Ajar, n'était plus Kacew depuis longtemps. Cela fai-

---

1. Dans *Clair de femme*, Gary fait dire au héros principal, Michel : « Écoutez, Lydia, je vous offre ce qu'il y a de mieux. La Rochefoucauld, Wilde, Byron. Les sommets » (Paris, Gallimard, 1977 ; repr. coll. « Folio », n° 1367, p. 136.)
2. R. Gary, *Pour Sganarelle*, Paris, Gallimard, 1965, p. 145.
3. *Ibid.*, p. 249. Cf. à ce sujet l'exceptionnel chapitre XLVII, p. 321-325.
4. *Ibid.*, p. 248.

sait près de trente ans que la forêt de Wilno avait pris feu et qu'elle *brûlait* dans ses veines sans se transformer en une bouffée de *braises*, ce qu'elle fera bientôt. Gary, le compagnon de la première heure puis de la Libération, le diplomate honorable et décoré, le romancier plus Don Juan que Sganarelle, était devenu cet «enchanteur» — irrémédiablement inféodé aux puissances de l'imaginaire — à qui on ne la fait pas («on», c'est-à-dire le «réel», cette «police du réel» qui n'a pas d'autre souci, aurait dit Gary, que celui de débusquer les évadés que nous sommes pour les enfermer dans ses geôles sans lumière[1]). Bien sûr, à la magie, à la féerie des artifices, à la création continuée de la rêverie, à tous les philtres surnaturels de la passion, il pouvait bien s'avouer rompu, lui qui avait appris à en reconnaître les ressorts secrets, ceux qu'aura cachés l'intelligence des Anciens comme ceux qu'aura abîmés la bêtise des Modernes; il était passé maître dans la manière de démêler le vrai faux du faux vrai. Mais voici qu'en cette fin du mois de mai 1968, on l'appelle au téléphone, on lui rappelle un passé qu'il croyait, à la vue du présent, être le seul à n'avoir pas oublié: un passé de mobilisation, un passé où lui-même n'aura cessé d'être sur le qui-vive, à l'affût du combat justifié. Et on lui laisse entendre que l'Histoire se répète, que le danger menace à nouveau, qu'il n'y a plus une minute à perdre et que,

1. Cf. sur cette image, R. Gary, *Europa*, Paris, Gallimard, 1972; repr. coll. «Folio», n° 3273, p. 458: «... dans un siècle où la police du réel était très bien faite et où il était singulièrement difficile de passer au travers de ses filets»; et p. 445: «... tous les évadés étaient repris et ramenés dans les geôles du réel...»

aujourd'hui comme hier, il n'existe qu'une poignée d'hommes prêts à défendre l'honneur de la France, c'est-à-dire l'idée que le Vieux s'en était toujours fait. Bref, on le presse de se joindre à eux pour le manifester au grand jour.

Gary, pourtant, qui connaissait par cœur ses classiques, savait pour sa part que quand l'Histoire recommence, elle ne fait jamais que bégayer, ce qui peut parfois en rendre assez comiques les événements. Aussi, la tragédie d'hier n'étant tout de même pas à l'ordre du jour, ce fut «en dépit du bon sens» qu'il jugea de l'attitude à adopter en la circonstance : il se rendit bel et bien au rendez-vous, mais bardé de ses nombreuses décorations et flanqué du drapeau de la France libre. Gary raconte :

> .. un dernier «carré» de Français libres va descendre cet après-midi les Champs-Élysées. Le dernier «carré», c'est quelque chose à quoi je n'ai pu résister. J'ai horreur des majorités. Elles deviennent toujours menaçantes. On imagine donc mon désarroi lorsque, me présentant plein d'espoir sur les Champs-Élysées, je vois déferler des centaines de milliers d'hommes qui donnent une telle impression d'unanimité que j'en ai la chair de poule. Immédiatement, je me sens *contre*. Venu pour brandir le drapeau tricolore à la croix de Lorraine sous les risées en compagnie de quelques centaines d'autres irréguliers, je me sens volé. Je leur tourne le dos. Tous les déferlements démographiques, qu'ils soient de gauche ou de droite, me sont odieux.
>
> Je suis un minoritaire-né[1].

---

1. R. Gary, *Chien blanc, op. cit.*, p. 205.

Comme quoi il est des amours auxquelles il convient d'échapper pour leur rester fidèles[1]… Ce qui, au demeurant, est la pure application d'un principe gaullien : de Gaulle n'avait-il pas à plusieurs reprises choisi la fuite afin de maintenir vivace la flamme de sa passion[2] ? Il est vrai qu'il existe des hommes pour qui les compromissions tiennent lieu de reniements. Gary appelait cela l'« idéalisme »…

Mais si le récit de *Chien blanc* peut nous sembler à ce point emblématique, c'est parce qu'il permet surtout de comprendre pourquoi ce *minoritaire-né* — infailliblement « indigné par le fascisme, indigné par le communisme petit-marxiste, indigné par la soupe bourgeoise, par le socialisme qui s'était perdu quelque part entre la consommation et la production, par le capitalisme américain annonciateurs d'écroulements à l'échelle planétaire » —, ce « cosmopolite qui comprenait parfaitement que le cosmopolitisme ne fréquentait que les meilleurs hôtels et évitait les endroits envahis par les foules », cet « Européen passionné qui riait amèrement à l'idée que l'Europe était devenue le Marché commun », ce vicaire de la mémoire qui

1. Romain Gary reconnaît d'ailleurs lui-même dans *La nuit sera calme* : « … en ce qui concerne de Gaulle, la plus sûre façon de trahir un héritage qui est *uniquement éthique*, c'est d'essayer d'en faire un produit politique de consommation courante » (*op. cit.*, p. 136 ; c'est moi qui souligne).
2. Cf. Ch. de Gaulle, *Mémoires d'espoir*, t. I, *Le renouveau*, Paris, Plon, 1970, p. 81 : « Mais nous, Français, pouvons nous demander si le mieux n'est pas que cela nous conduise […] à y agir [en Algérie] comme si, en matière de colonisation comme en amour, "la victoire, c'est la fuite". »

« évoquait le passé en faisant semblant de parler d'Histoire, mais parlait ainsi de lui-même[1] », — ce récit permet donc de comprendre pourquoi cet être si inclassable s'était bien gardé de publier en France et en français certains des hommages qu'il aura souhaité rendre au héros de sa jeunesse. D'autant que durant toute la période de rédaction de ses textes, non seulement les gaullistes étaient au pouvoir, mais ils étaient bien trop nombreux, trop ancrés à droite et trop arrogants pour que la voix de Gary ne fût pas mal entendue. Sans compter que ceux qui l'auraient écouté avec intérêt n'étaient que des affidés orgueilleux du gaullisme politique, des zélateurs, tout consumés d'opportunisme[2], de la combine partisane et du mensonge idéologique, et non point ces humbles courtisans de la princesse des contes qui n'auraient guère ignoré que la France libre a la beauté d'un pléonasme, ni vu la différence si l'on avait subrepticement escamoté sur

---

1. Je ne sache pas de meilleur *autoportrait* de Romain Gary que ce « croquis » qui esquisse devant nous certains traits caractéristiques du personnage principal d'*Europa*, Jean Danthès (cf. *op. cit.*, p. 198).

2. Cf. R. Gary, *La nuit sera calme*, *op. cit.*, p. 136-137 : « Lorsque j'ai dit un jour à la télé que mes rapports avec de Gaulle relevaient d'une métaphysique plutôt que d'une idéologie, j'ai eu droit aux sourires de la presse : c'est le sourire vertical des cons, défini pour la première fois par le romancier américain Richard Condon. J'entendais par là que ce que je trouvais attachant chez de Gaulle et ce qui me liait à lui, c'était le sens de ce qui est immortel et de ce qui ne l'est pas, parce que le vieux croyait à la pérennité de certaines valeurs humanistes qui sont aujourd'hui déclarées mortes et que le monde redécouvrira tôt ou tard, comme la Révolution française avait redécouvert la cité antique et comme la Renaissance avait redécouvert l'Antiquité ».

les tables de l'Histoire un des «1» de De Gaulle[1]. Bref, la liberté foncière et exaltée de Gary l'empêchait de se poser tout bêtement en «intellectuel»; et ce qu'il a été avant tout, c'est un artiste, un artiste de la plus haute volée, dont la voix gravement enjouée ne se sera jamais mise au service de quiconque[2].

Oui, c'est son chapeau de romancier (celui-là même que lui avait offert cet autre grand nostalgique d'un univers peuplé de héros, John Ford), c'est son feutre d'artiste que Romain Gary a tiré devant la performance éblouissante de cette «extraordinaire vedette» qu'était, selon lui, le général de Gaulle[3].

1. Cf. R. Gary, *La promesse de l'aube* (édition définitive), Paris, Gallimard, 1980; repr. coll. «Folio», n° 373, p. 34.

2. Il convient aussi de se rappeler qu'au cours de l'émission «De Gaulle, première» (cf. note 1, p. 122), Daniel Costelle avait demandé à Romain Gary s'il ne craignait pas d'être un peu trop élogieux à l'égard du général de Gaulle. La réponse, dénuée d'équivoque, fut alors cinglante: «Permettez-moi de vous dire que s'il s'agissait ici de venir et de faire simplement l'éloge de l'œuvre du général de Gaulle, je ne serais pas venu. Il y a des gens plus compétents, mieux placés et plus convaincus à cet égard que moi... Il s'agit d'une extraordinaire vedette. Je suis romancier, j'adore les grands personnages, je m'en serais voulu de venir ici célébrer tel ou tel aspect de l'œuvre politique accomplie. La raison pour laquelle je suis là, moi romancier, moi Romain Gary créateur de personnages, c'est qu'il y avait là un personnage, un romancier-personnage qui s'est créé lui-même comme un romancier écrit et crée une œuvre. De Gaulle s'est créé principalement... il a été créé par lui-même comme Balzac créait ses personnages. C'est une création artistique prodigieuse. Et à l'écran de la télévision, dans son rapport avec le public, c'était immédiatement apparent, c'était immédiatement sensible, cette espèce de personnage hors série, qui apparaissait devant nous et qui jouait ce rôle dans un roman qui s'appelle *L'histoire de France*.»

3. Ce salut du *romancier* à de Gaulle, Gary l'avait déjà quelque peu tenté avec *Les racines du ciel*, où il faisait dire à l'un des personnages du roman (appelé Saint-Denis): «Rappelez-vous la haine

Mais l'hommage qu'il lui rendait, il se devait, pour
qu'il demeurât conforme à ses intentions, de le rédi-
ger le plus souvent en anglais, sa seconde langue
d'écrivain. En publiant ses textes dans une grande
revue américaine — *Life Magazine* —, il pouvait en
effet plaider la cause du Général sans se croire obligé
de soumettre sa pensée à l'appréciation de ses amis
comme à celle de ses ennemis. Là, seul contre tous,
contre tous les clichés «puritains» que les politiques
à la petite semaine se plaisaient à colporter, et que
publiait inlassablement la presse anglophone, il lui
appartenait de donner enfin libre cours au seul projet
qui lui tenait à cœur : non pas parler du «gaullisme»
qui lui répugnait à tant d'égards, mais esquisser le
portrait d'un homme profondément humaniste jusque
dans ses aspects en apparence les plus inhumains.
Après tout, Gary avait-il jamais cessé de défendre la
cause de l'humanité, fût-ce dans ses travers les plus
troublants ? Il n'avait pas non plus cessé de défendre
la cause de la France. Serait-ce alors une seule et
même cause ? Tout compte fait, il se pourrait bien que
défendre la France contre l'ingratitude de ses propres
citoyens revienne à œuvrer pour que les hommes en
général reconnaissent l'esprit là où il souffle, c'est-à-
dire quand il souffle sur ces plaies qu'ils s'infligent si
ignominieusement à eux-mêmes. Voilà, me semble-
t-il, l'enjeu qui règne sur l'ensemble des textes que

---

de Roosevelt pour de Gaulle, en 40 ; or, de Gaulle en 40 comme
aujourd'hui, c'est un peu, à sa façon, Morel et les éléphants», c'est-
à-dire le protagoniste même du livre (cf. *Les racines du ciel*, édition
définitive, Paris, Gallimard, 1980 ; repr. coll. «Folio», n° 242,
p. 162).

l'« idéalisme » impénitent de Gary a voulu consacrer à la destinée incomparable de Charles de Gaulle.

*

Or si, en l'occurrence, l'« idéaliste » (au sens que Gary donnait à ce mot) semble bien n'être l'homologue de personne, s'il est fatal qu'il « connaisse la solitude » en toutes circonstances, il s'en faut de beaucoup qu'il se drape dans la toge jamais froissée de la « belle âme » (de l'« âme-bêlant-lyrique », comme Gary, par dérision, se plaisait souvent à l'appeler). Aiguillonné en son action par une conscience aussi peu déchirée que possible, et bien qu'aveuglé par sa propre lucidité, ce « rêveur réaliste » n'est toutefois pas sans savoir que la raison est capable de donner sens à tout sauf à elle-même, sauf à cette vie qui l'anime et à laquelle elle prête un sens que, par soi, cette vie même n'a jamais. Un sens qui ne se résout pas tant en un but intelligible qu'en une direction offerte librement à son *maintien*, une perspective d'avenir rattachée au passé et dont la fécondité demeure *pressentie* seulement, à l'instar de cette fameuse « certaine idée de la France » dont nous parlait de Gaulle en prenant le plus grand soin de l'affecter d'un coefficient d'imprécision suffisamment élevé pour permettre à chacun de s'y reconnaître à sa guise. Mais qui donc ébauche une telle orientation ? Rien d'autre au fond que l'« amour de la vie », cette *vertu* suprême, nous répondrait Gary. Car, pour ce dernier, ainsi que pour de Gaulle, et c'est surtout de ce point commun entre le créateur et l'homme d'État que le romancier aura voulu nous entretenir, aimer signifie inventer, et n'a pas ce talent qui veut. «Être aimée, c'est d'abord être tendrement inventée, rêvée par quelqu'un», déclare une héroïne d'*Europa*[1], peu d'années avant que Gary ne fasse de cet amour par «fictionnement» le beau sujet de *Clair de femme*. Aimer une femme, aimer la France, c'est tout un, dès l'instant que celle-ci apparaît sous les traits émouvants d'une «madone aux fresques des murs» ou d'une «princesse des contes». Mais rêver la France, c'est aussi inventer l'«homme qui fut la France» et le donner à voir *comme il n'a jamais été en réalité*, car «rien, dans la réalité, ne peut résister à ce qui change la nature du regard[2]». Telle est la maxime qui préside à la composition des textes que l'on peut lire ici. Telle est aussi la toile de fond sur laquelle se détache la «performance» de tout *picaro* qui se respecte et refuse, de ce fait même, de se vautrer dans le dénigrement universel et la suffocante haine de soi.

Cependant, qui aime la France ne saurait se contenter de brosser le portrait imaginaire de celui qui aura eu la chance de l'incarner (prévenons d'ailleurs qu'un tel portrait ne pourra que surprendre quiconque s'attend ici à quelque «reportage» puissamment documenté). Ce qu'il lui importe aussi, c'est de prendre à la gorge la France réelle, la Mini-France, comme Gary la caractérise en certaines de ces pages, celle des Sancho Pança et des petits-bourgeois[3], de tous ceux qui se délectent

1. R. Gary, *Europa, op. cit.*, p 132.
2. R. Gary, *Pour Sganarelle, op. cit.*, p. 259.
3. R. Gary, *Europa, op. cit.*, p. 91 : «La lumpen-bourgeoisie des frigos et des bons petits bistrots où on va bouffer après avoir parqué son auto sur le trottoir, avait inventé le "moi, j'dis toujours ce que

de leurs frustrations sans jamais songer à s'abandonner au risque de leurs rêves, résidents passifs et dépassionnés d'une France oublieuse de son avenir, qui s'interdit d'avancer en tenue d'apparat et qui, lestée de la défroque d'un «quotidien» stérile et accablant, soumise à cette navrante «mécanique de vivre dans l'acceptation du hideux et du triste[1]» qu'abhorrait tant Gary, attise en chacun le désespoir, suscite en lui les fausses illusions, à l'endroit même où elle devrait en consacrer de vraies, toutes inspirées par la réjouissance de leurs créateurs. Vraies illusions, réjouissance des créateurs ? Il faudrait en effet convenir avec Gary que toute création authentique, toute fiction véritable ne se rapporte jamais qu'à un «jouir», la «compulsion» présidant aux promesses qu'elle nous adresse demeurant en tant que telle «primitive, naïve, enfantine, barbare, source de joie et d'émerveillement». Car «elle est essentiellement un acte d'adoration de la vie», qui «ne perd jamais son caractère de jouissance» — il suffit d'ailleurs pour s'en convaincre de «regarder un enfant jouer»[2]...

C'est la grande, la belle, la noble leçon de ce contempteur des donneurs de leçons. C'est le franc

---

j'pense" non par quelque inconcevable intégrité, mais par goût de la facilité, par agressivité, et parce que l'idée de respecter le territoire psychique des autres, c'était aujourd'hui de la porcelaine de musée. » Et Gary d'ajouter ce qui peut-être n'est aujourd'hui même plus le cas : « Seuls les ouvriers, ceux, du moins, qui n'étaient pas encore passés dans la lumpen-bourgeoisie, savaient encore "ne pas tout vous dire", et c'est dans le regard des ouvriers de France que Danthès [= Gary ?] avait trouvé le plus de retenue... »

1. *Ibid.*, p. 162.
2. R. Gary, *Pour Sganarelle, op. cit.*, p. 174.

pari, le coup de dés de ce flambeur impénitent. Mais c'est aussi la clé de sa politique non partisane, le ressort secret d'un «socialisme imaginaire» que de Gaulle providentiellement lui aura non pas enseigné, mais confirmé pour une bonne part. Qu'en retiendrons-nous ? Qu'en ce bas monde nous ne faisons pas que succomber aux effets de la «mondialisation» de l'économie, à la déconfiture des rapports sociaux ou à l'absence de solutions politiques : nous souffrons aussi de *désillusion*. Car si l'inexorable montée du chômage, la progression de la misère, l'angoisse du lendemain, les craintes de voir çà et là s'embraser, sur notre continent, tel ou tel conflit mettant en échec la capacité d'intervention de ces institutions européennes sur lesquelles nous fondons, jour après jour, un authentique espoir, si donc tous ces facteurs ne nous laissent aucun répit, qui ne voit en effet que la douleur qu'ils éveillent en nous demeure d'autant plus vive qu'elle s'accompagne d'un alarmant déficit d'imagination collective ? Nous avons perdu le sentiment de l'improbable, et ce qui, sans réserve, aggrave ce manque, ce qui creuse au fond de nous la frustration n'est pas autre chose que le monde dans lequel nous vivons : un monde dangereusement *rapproché*, ridiculement réduit à nos proportions, instrumentalisé à l'excès, un monde pour ainsi dire mis à portée de la main, et pas de n'importe quelle main : d'une main soi-disant «communicante» et tapant sur un clavier... Peu à peu la lassitude nous a gagnés, notre vitalité s'est muée en tristesse, et nul ne peut prétendre aujourd'hui que l'édification d'un «nouvel ordre mondial» a eu pour vocation de redonner du souffle à nos vies et à nos rêves. Bien au contraire : nous nous sentons en général si prisonniers de la « Puissance » du réel et des vicissitudes qu'elle nous impose, que nous ne *révons* plus notre avenir et qu'il est de plus en plus rare que nous devions nous prononcer sur une résolution à long terme.

Mais une telle désillusion ne tiendrait-elle pas également au fait que nous ayons renoncé à faire usage de ces « fondements mythologiques » à propos desquels les politologues conviennent généralement qu'il n'est pas d'institution politique durable, et digne de ce nom, qui puisse s'en passer ? Et à en faire, devrais-je même préciser, un *bon* usage, tant il est vrai qu'en ce domaine, on peut toujours craindre le pire ? Car c'est notamment en inventant (comme s'y est employé de Gaulle) et en se référant à des fondements de cette nature (comme aimait tant à le faire Gary), qu'une « communauté de destin » parvient en fin de compte à se donner les moyens de recueillir et d'assumer, dans l'unité « imaginale » d'une *fiction*, les contradictions insurmontables et les inévitables divergences d'opinion qui mettent sans cesse en péril la « liberté politique » qu'elle souhaite exercer raisonnablement et garantir universellement dans son droit. Or, qu'en est-il de cette référence ? Au nom d'on ne sait quelle idée de la démocratie, et à cause d'un sentiment de « maturité » qui va peut-être finir par nous *taper sur le système*, jusqu'à le faire exploser tout entier, n'en avons-nous pas perdu le *sens* ? Et notre République ne doit-elle pas, si elle entend jouir encore longtemps de l'honneur de s'être donné pour devise « liberté, égalité, fraternité », et aspirer avec plus de succès à l'amélioration de son «niveau de vie», se reconnaître, une nouvelle fois, dans une *image fondatrice* de son destin?

À l'édification de cette image, on sait que la Révolution française, avec tous les correctifs historiographiques qu'on applique régulièrement à son souvenir, pourvoit depuis deux siècles. Seulement, il existe un autre fondement mythologique sur lequel reposent, plus particulièrement, les institutions de la Ve République, et ce fondement nous l'avons oublié. Ce fondement mythologique oublié a pour nom la «grandeur» — et sous ce vocable, si peu usité aujourd'hui, nul ne peut s'empêcher de reconnaître cette fameuse «grandeur de la France» dont de Gaulle, en son temps, s'était montré si fier, et qui, avant que de représenter pour certains un idéal, et pour d'autres une idée, avait été, pour son défenseur, l'emblème d'un grand amour.

En effet — tel est le leitmotiv sur lequel sont bâtis les textes de Gary —, le visage créé de la France s'appelle «grandeur», et Charles de Gaulle est son auteur — *actor* et *auctor* en même temps[1]. Mais qu'est-ce que

1. C'est ainsi que je suggère de traduire, dans l'«Ode à l'homme qui fut la France» (cf. *supra*, p. 13) le jeu de mots *« this actor and "enactor" of genius »*. Dans l'émission télévisée «De Gaulle, première» que Daniel Costelle a consacrée en 1975 au général de Gaulle — émission au cours de laquelle Romain Gary intervient très souvent pour parler de celui qu'il reconnaît alors comme «l'homme de [s]a vie» —, le romancier insiste beaucoup sur le fait que de Gaulle était bien plus qu'«un acteur qui crevait l'écran», il était aussi un *« auteur-acteur »*. Il est également à noter que, dans *La promesse de l'aube,* c'est à Malraux que revient ce titre de gloire : «Ce fut surtout avec son poème sur l'art que Malraux m'apparut comme un grand auteur-acteur de sa propre tragédie» (*La promesse de l'aube, op. cit.*, p. 209). Je reviendrai plus loin sur les rapports Gary/Malraux.

la grandeur ? La grandeur est une « idée », une *grande* idée. Le type même de l'essence qui ne vit que d'exister. On pourrait dire également : une valeur et, ainsi, un idéal, si l'on entend par là toute idée qui s'éteint aussitôt qu'elle échoue à s'incarner. Un idéal qu'il faut donc *être* — à la manière dont de Gaulle « était » la France : non le pays réel, bien sûr, mais la France légendaire, « mythologique[1] » et à ce titre, « exemplaire[2] » — cette France « qui fut si longtemps *une façon d'être un homme*[3] »… Il faut, je crois, insister d'autant plus sur cet aspect des choses, et tâcher de réexaminer, dans l'optique de Gary, la question de la grandeur, que la Constitution du général de Gaulle, ayant été, durant près de quarante ans, mise à l'épreuve des faits, n'a pas montré de carences rédhibitoires, et que, la distance aidant, nous admettons avec plus de justesse que son principal inspirateur, quand il a su se hisser à la hauteur de lui-même, c'est-à-dire de la France, n'a pas eu grand-chose à voir avec ce « gaullisme politique » qui se réclamait alors et se réclame encore de lui. Il serait même urgent de le faire, si l'on tient compte non seulement du fait que son œuvre est parvenue à

1. Cf. R. Gary, *Europa, op. cit.*, p. 95 : « … la France mythologique de De Gaulle… », opposée comme telle à « la France louis-philipparde des gros sous et du commerce des armes ».

2. *Ibid.*, p. 107 : « Il fallait savoir inventer le passé. […] C'était aussi le rapport de De Gaulle avec une France exemplaire "madone de fresque et princesse de légende" qui avait tellement manqué à l'Europe, en laquelle Danthès, malgré toutes les évidences, continuait à croire, mais qui ne pouvait se matérialiser qu'en puisant dans la fiction la foi exaltante et la force nécessaire pour sortir de la fiction ».

3. Cf. « Les Français libres », *supra*, p. 87.

transcender les clivages partisans et les fixations idéologiques, mais aussi de l'étrange maladie qui nous
frappe aujourd'hui : celle de ne plus *pouvoir entendre*
ou de ne plus *pouvoir prononcer* certains mots — des
mots comme « idéal commun », « dépassement de
soi », « vertu politique », « éminente destinée », « résistance à la défaite », et, bien sûr au premier chef,
« grandeur »…

C'est en effet une terrible infirmité que de ne plus
pouvoir — ou de ne plus oser — invoquer la grandeur.
Désapprendre ces choses qui nous ont tenus si longtemps éveillés peut bien nous être fatal. Il faudrait au
moins que nous nous rappelions, pour le dire avec
Romain Gary, que

> un idéal de « grandeur », cet idéal fût-il inaccessible
> et sublimé, souvent mystique sinon purement ver-
> bal, constitue un but qui laisse, s'il est poursuivi
> avec toute l'ardeur de l'esprit et du cœur, dans le
> sillage même de notre échec à l'atteindre, quelque
> chose qui ressemble fort à une civilisation[1].

Au reste, se remémorer le sens de cette noble notion,
de même qu'en réapprendre l'usage, cela est d'autant
plus nécessaire que la tentative permanente de rempla-
cer de façon démagogique tout tableau de la grandeur
par une imagerie d'*opinion*, par la fausse monnaie des
images publicitaires qui ne font jamais qu'en voiler la
vertu fondatrice et lui ôter par là même toute signification réelle, que cette volonté, autrement dit, de mettre
la grandeur au service des pseudo-stratagèmes de la

1. Cf. « Ode à l'homme qui fut la France », *supra*, p. 11.

« communication » et du jeu grossièrement réglé des séductions en tous genres — un jeu aussi décevant que révoltant — risque bien, à force de tourner court comme il ne peut manquer de le faire à chaque fois, de nous mener très vite au bord de la catastrophe. Dans une telle situation, que devrions-nous faire ? Existe-t-il des remèdes à cet oubli de la grandeur ? Et d'abord, que faut-il appeler ainsi ?

En droit constitutionnel, comme en toute chose, la lettre tue et l'esprit vivifie. Ou plutôt : pour que la lettre du droit puisse être entendue, il faut que la signification qui l'anime ou le principe qui l'inspire la porte directement à nos consciences. Or, si, dans le texte constitutionnel, le mot de grandeur brille singulièrement par son absence, il s'en faut de beaucoup que son concept ne *hante* pas le plus ténu de ses articles. J'emploie à dessein le verbe hanter, afin de souligner le caractère *irréel*, presque spectral, de la grandeur en tant qu'image fondatrice. Car cette irréalité est à double sens. Elle signifie premièrement que la grandeur n'est pas un état de fait, qu'elle se déploie sur un autre plan que celui de la réalité, parce qu'elle résulte, comme je le dirai plus loin, du comportement éthique de celui qui en « personnifie » le principe. Mais l'irréalité de l'esprit de grandeur renvoie deuxièmement à l'*invisibilité* de celle-ci, une invisibilité dont le respect implique que la personnification à laquelle elle donne lieu s'épanouisse toujours sur un plan strictement symbolique. C'est, en tout cas, ce que tâchait déjà de mettre en relief, sur un mode explicitement emblématique, la figure mythique, l'effigie sous les traits de laquelle la France apparaissait naguère aux yeux de

De Gaulle : « princesse des contes » et « madone aux fresques des murs », matrice virginale, susceptible, en tant qu'épouse du Père « Patrie », de porter légitimement en son sein les institutions de la République, de les engendrer et de les consacrer sur les fonts baptismaux de la liberté, de l'égalité et de la fraternité. C'est cette icône rédemptrice de la Madone et du Fils, icône dressée au nom du salut (c'est-à-dire de la grandeur), qui a servi — pour autant qu'elle parvenait à « rendre visible » l'invisible — de frontispice à la Constitution.

Parce que la grandeur exige une telle incarnation « imaginale », il ne saurait y avoir de *politique* de la grandeur. À cet égard, de Gaulle disait d'ailleurs : « Il n'y a pas de politique qui vaille en dehors des réalités. » En revanche, il n'y aura jamais qu'une *éthique* de la grandeur, incompatible le plus souvent avec l'art (ou l'artifice) de gouverner. Or, c'est là sûrement ce dont de Gaulle, en tant qu'*auctor* et *actor* de la Ve République, avait eu conscience, puisque, dans un des textes les plus importants et les plus riches de sens de notre culture politique contemporaine (le premier alinéa de ses *Mémoires de guerre*), il s'était plu à définir la grandeur en ces termes : « *Viser haut et se tenir droit*[1]. » Deux actes, deux résolutions de nature exclusivement éthique, l'une se nourrissant de l'autre, l'une s'appuyant sur l'autre, et qui peuvent à l'occasion fonder une action politique, mais qui, en aucun cas, ne devraient se confondre avec elle.

Que cette motivation éthique éclaire l'action poli-

---

1. Ch. de Gaulle, *Mémoires de guerre*, t. I : *L'appel (1940-1942)*, Paris, Plon, 1954, p. 9.

tique sans se soumettre au pragmatisme de celle-ci, voilà qui serait plus que souhaitable, si l'on voulait maintenir ouvert, praticable et fertile le champ de la grandeur. Mais il n'est pas aisé de préserver l'*écart* en vertu duquel une action politique parvient, sans médiations excessives ni distorsion, à se référer loyalement à l'esprit de grandeur. Car quiconque s'en réclame, quiconque veut agir politiquement *au nom de* la grandeur devrait parvenir à aménager au préalable l'espace institutionnel dans lequel se déroulera son action, de telle manière que la référence symbolique puisse remplir son rôle et «jouer» à plein. Or, tel fut, me semble-t-il, l'enjeu de la «dichotomie» que les auteurs de la Constitution ont voulu instituer à la tête du pouvoir exécutif entre les deux fonctions : chef de l'État et chef du gouvernement. Et telle est la raison pour laquelle, si nous rabattons l'une sur l'autre ces deux fonctions, nous courons fatalement un double risque : d'une part anéantir cette surprenante «dyarchie» qui marque la singularité de la Constitution française, et dont la raison d'être est si peu comprise, et d'autre part abolir la possibilité institutionnelle d'une référence, non pas seulement idéale mais bel et bien concrète à l'image fondatrice de la grandeur.

Et pourtant, ne nous sommes-nous pas livrés à ce risque depuis des décennies ? Qui, de nos jours, se réclame sincèrement de la grandeur — qu'elle soit celle de la France ou d'autre chose ? Qui n'y voit pas un mot creux ? Qui fonde explicitement son action et son projet politiques sur une telle détermination ? Personne — hormis quelques nostalgiques ridicules et rétrogrades persistant à se gargariser de ce vocable à des fins politiciennes, sans s'apercevoir que l'Histoire avance et que, s'il ne s'applique plus du tout à la France, c'est précisément parce qu'il convient aujourd'hui excellemment — et non moins exclusivement — à l'Europe que l'on s'efforce si péniblement de construire... Certes, nos gouvernants prétendent agir dans l'intérêt de la nation, pour le bien commun de tous les citoyens et le «rayonnement» de la France dans le monde. Mais là n'est justement pas la question, puisque, *par définition*, la grandeur n'a rien à voir avec l'intérêt général, ni avec la reconnaissance ou le bilan d'une politique gouvernementale, ni même avec une quelconque influence de la France au-dehors. L'esprit de grandeur ne se confond point avec le «sens des réalités» (nationales ou internationales). Son efficace est ailleurs — et c'est tout l'objet des textes de Gary que d'en indiquer le lieu.

La question est alors la suivante : si la grandeur ne donne aucune prise sur la réalité des choses, pourquoi tant se soucier de cette «valeur»? Voilà qui vaut d'être posé à double titre. D'abord, pour une raison constitutionnelle : parce que si «la France ne peut être la France sans la grandeur[1]», comme le disait l'auteur de la Constitution, et si l'accès à cette grandeur semble barré par une certaine interprétation de la Constitution rabattant l'une sur l'autre les deux instances exécutives, force est alors d'en conclure que cette interprétation n'est pas conforme à l'esprit que son fondateur voulait lui insuffler en la soumettant à notre approbation. Ensuite, pour une raison conjoncturelle :

---

1. Ch. de Gaulle, *op. cit.*, p. 9.

parce que le malaise et le désarroi qui sont ressentis actuellement dans toutes les couches de la population, d'abord en raison de la situation économique et sociale que nous connaissons, pourraient être dus également au fait qu'une France sans grandeur n'est plus du tout la France et qu'il est toujours douloureux de ne pas être soi-même.

Mais, je le dis encore une fois, si le « gaullisme » se réduisait à une telle profession de foi, alors, c'est sûr, il n'y aurait plus à attendre grand-chose de lui. Or, au contraire, ce dont il faut se convaincre à présent, ce n'est pas que la France ne peut être la France sans la grandeur, c'est que sans cette grandeur l'Europe ne peut être l'Europe. L'histoire que nous forgeons le démontrera peut-être. En tout cas, elle ne le démontrera que si nous comprenons bien ce dont il s'agit. Retournons donc à notre sujet, c'est-à-dire à la France et à celui qui, selon Gary, l'incarnera *toujours*.

On nous assure souvent que sous le régime de la Ve République présider n'est pas gouverner. Si c'est vrai d'un point de vue sémantique, c'est sûrement vrai sur le plan juridique, mais cela l'est nettement moins quand on se prend à observer le fonctionnement quotidien de nos institutions. Nous nous sentons particulièrement troublés par cette indistinction des rôles quand il nous arrive de voir un président de la République et son Premier ministre former bien plus qu'un tandem : une seule et même « personne », le premier représentant la tête et le second le corps. Nous pressentons alors, en ayant parfois du mal à l'exprimer correctement, ou en ne sachant pas trop bien comment s'en plaindre, qu'il y a là quelque chose qui « ne tourne pas rond », quelque chose qui dément, *de facto*, la règle tacite et salutaire qui veut qu'un chef d'État demeure au-dessus des partis, y compris le sien, et que c'est même à ce titre qu'il lui appartient de présider aux destinées du pays tout entier.

Pourtant, nous devons savoir qu'il en est ainsi depuis fort longtemps. Nous connaissons ce cas de figure depuis que l'on s'est contenté, dans la pratique, d'une interprétation *fonctionnelle* de la dyarchie du pouvoir exécutif, fondée sur le principe : au président de la République certaines tâches, au Premier ministre certaines autres, chacun ayant son domaine de compétence et ses prérogatives. D'après la lettre du texte, on a bien sûr raison de l'interpréter ainsi, mais, ce faisant, l'on ne peut s'empêcher de réduire les deux rôles au même diapason. Et après les avoir situés sur un même plan, celui de la gestion du réel, on ne peut plus s'étonner de voir, comme on y assiste depuis des décennies, et comme on le déplore depuis autant de temps, des présidents se comporter en super-Premiers ministres, ou des Premiers ministres devenir présidents, tout le personnel politique étant plus ou moins rompu à la *Realpolitik*.

La Constitution a pourtant d'autres atouts dans son jeu, notamment l'instauration d'une « cohabitation ». À coup sûr, après adoption, cette dernière solution a reçu historiquement l'agrément et la confiance des Français, à tel point d'ailleurs qu'il n'est plus un seul président élu qui ne sache pas, au moment d'entrer à l'Élysée, qu'il sera très probablement confronté à la nécessité de partager le pouvoir avec le camp opposé. Il est clair en tout cas qu'avec la cohabitation, les

Français ont eu la possibilité de trouver le moyen, fort prisé en temps de crise, c'est-à-dire quand les solutions politiques ne paraissent efficaces que partiellement, d'équilibrer la vision progressiste et la vision libérale ; ils ont ainsi manifesté leur opinion de toujours selon laquelle, à tout prendre, il valait mieux être gouverné au centre qu'à la périphérie. Mais la question se pose de savoir si l'option de la cohabitation, qui faisait il n'y a pas si longtemps l'objet des pires craintes et qui a parfaitement passé la rampe, n'est pas quelque chose *de plus* qu'une solution *ad hoc* que les citoyens accréditent en attendant l'élection présidentielle (dont on sait qu'elle est, dans le régime républicain actuel, et ainsi que l'avait prévu le général de Gaulle à partir de 1962, la seule déterminante, « le grand rendez-vous de la nation »). Ne faut-il pas voir dans le « goût » des Français pour la cohabitation un *symptôme* — le symptôme du fait qu'ils n'ont jamais cessé de souhaiter la nette séparation ou, du moins, une plus franche désolidarisation des deux fonctions dirigeantes ?

Mais une séparation en quel sens ? Et comment celui qui voudrait l'imposer pourrait-il éviter de recourir à une « révision » de la Constitution ? Dans l'état actuel des choses, le seul qui pourrait l'imposer serait le président de la République : lui seul est le garant de la lettre et de l'esprit de la Constitution. Aussi, la manière dont pourrait être plus nettement distingué ce qui dans l'esprit de la Constitution (et non, bien sûr, dans sa lettre) vaut d'être distingué consisterait pour le président de la République à agir de façon à suggérer que la séparation des rôles s'insti-

tue à chaque fois sur des plans relativement hétéro-
gènes. Au lieu d'une simple différence fonctionnelle
(habituellement soulignée par des prérogatives ou des
« domaines réservés » bien distincts), nous aurions
alors droit à une opposition « économique » (au sens
ancien du mot) : au chef du gouvernement revien-
draient la gestion et l'administration de la réalité
(soit : l'*oikonomia* au sens faible) et au chef de l'État
l'incarnation de l'imaginaire collectif (soit : l'*oikonomia* au sens fort). À ce compte, nous serions conduits
tout naturellement à « juger » l'action du chef de l'État
non plus sur sa manière de façonner les données du
présent en fonction des exigences le plus souvent sui-
cidaires du marché, mais sur sa capacité à incarner
le principe mythologique fondateur (soit, en l'occurrence, l'*irréalité de la grandeur*) et à nous indiquer
par ce biais, avec son style et sa vertu propres, le chemin d'un avenir commun conforme à notre devise
républicaine. Car s'il existe bien un « rêve américain »
et s'il existe bien un « mal » ou un « malaise » français, il nous appartient aussi de vouloir *rêver* à notre
façon, et de nous offrir, avec la monnaie de nos espé-
rances, un destin en harmonie avec notre histoire pas-
sée et notre caractère. C'est de cela que parle Gary.

En effet, tel était le « rêve politique » de Gary : que
nous puissions en toute circonstance, et parce que
nous le devons d'abord à nous-mêmes, « viser haut et
nous tenir droits ». Et sans doute souscrivait-il à cette
pensée selon laquelle le rôle d'un président de la
République sous l'actuelle Constitution ne se limite
pas à veiller au respect de celle-ci, mais consiste
aussi, pour ne pas dire surtout, à donner forme et

contenu *politiques* à cette exigence *éthique*. Car c'est bien à la seule condition de nous faire songer à ce qui n'existe pas ou à ce qui n'a aucune chance d'exister, que nous nous sentirons plus concernés par ce qui existe effectivement.

Ce n'est pas tout. Car si, aux yeux de Gary, de Gaulle *fut* la France, c'est aussi parce qu'il avait su illustrer par la seule force de son «esprit» (c'est là un mot dont Gary use beaucoup) *l'unité d'une contradiction* que le peuple français (y verrait-on sa vocation universelle?) n'aura eu de cesse, tout au long de son histoire, de vouloir surmonter en même temps qu'il se sera obstiné à lui donner consistance. Cette contradiction qui met en rapport la liberté et l'autorité, aura été pour ce peuple une telle source de conflit qu'elle l'aura fait souffrir au-delà du tolérable, et c'est justement là que s'est manifesté le génie de De Gaulle : dans la prise en compte de cette souffrance et dans le fait qu'il a su, peut-être mieux ou plus habilement que quiconque, *réduire* cette contradiction de fond à l'unité *cordiale* qui la sous-tend. Pour ce faire, il aura certes fallu que se liguent, à tel moment de l'Histoire, le nécessaire et le probable, la volonté d'un homme et les aspirations d'un peuple, les forces de l'imagination et le poids du réel. Mais l'important réside moins en cela que dans le fait que cette «réduction» tant souhaitée a été obtenue, sous le titre de «Ve République», sans que son fondateur lui-même eût à forcer les choses, car *vieille* est en Europe l'idée que la liberté (du peuple) ne fait qu'un avec l'autorité (de l'État), les prérogatives de chacune et leur détermination réciproque se révélant au cœur de cette unité sur laquelle parviennent à se fonder positivement l'exigence démocratique et la cohésion principielle d'une nation[1]. C'est aussi ce thème que ravive ici Romain Gary.

*

Comme on s'en est rendu compte, fait partie du présent recueil un portrait d'André Malraux par Gary. Organisant au cours de l'année 1977 — soit quelques mois après la mort de Malraux, survenue le 23 novembre 1976 — une exposition commémorative, la Chancellerie de l'ordre de la Libération avait invité Gary à rendre hommage à son ami, comme lui «gaulliste inconditionnel». Parce que dans ce texte Gary s'est aussi plu à mettre en parallèle Malraux et le général de Gaulle, tous deux «conquérants de l'impossible», il nous a semblé opportun de le tirer de sa relative confidentialité et de le donner enfin à lire à un plus large public en complément des textes inédits sur de Gaulle.

Dans cet hommage en effet comme dans une page de *La nuit sera calme*, Gary a pris soin de vanter, avec beaucoup d'humour et d'affection, l'agilité verbale et la virtuosité de pensée dont faisait preuve Malraux aussitôt qu'il se laissait entraîner dans une conversation digne de ce nom. Mais qu'entendre par cette der-

---

1. La preuve en est que lorsque les légistes grecs de la période hellénistique ont voulu traduire dans leur langue la fameuse *auctoritas* des Romains, ils ont eu recours à ce beau mot d'*exousia* dont le sens, à l'origine, s'apparente éminemment au concept de liberté. Sans doute l'autorité représentait-elle à leurs yeux la manière dont *se reprend et se refonde en soi* la libération même de l'être libre. Est-ce cela que de Gaulle, en tant qu'auteur-acteur de la République, cinquième du nom, avait à l'origine pressenti ?

nière locution? Tout ce qui procédant d'un «art de conférer» s'accomplit alors comme un *art d'invention*. Cet art que l'on peut du reste qualifier de «bien français» (en sorte que c'est aussi de cette manière que l'on peut «être la France»[1]) a généralement pour dessein de «découvrir» la manière de marier, avec autant de grâce que d'énergie, le mot d'esprit et l'idée juste, l'image et le concept, le sens et la saillie, tout en les mettant sans trop d'effort au service d'une «diplomatie de l'esprit» chargée en même temps de battre en brèche toute velléité d'accommodement. Or, outre qu'elle relève d'une *philia* exercée au nom de l'intelligence, comme une complicité réciproque visant à en affirmer la pleine autorité, cette manière d'*éclaircissement* propre à la conversation[2] n'est pas sans exiger que l'on fasse montre de talent — de ce talent qui fut, à en croire Gary, magistralement exercé par son ami Malraux, que ce soit en tant qu'«auteur-acteur de sa propre tragédie[3]» (voire de cet Esprit du Monde inlas-

1. Voir, à ce sujet, M. Fumaroli, *La diplomatie de l'esprit. De Montaigne à La Fontaine,* Paris, Hermann, 1994, notamment le chapitre 9, p. 283-320. M. Fumaroli fait (p. 288) remonter cette tradition de pensée à Montaigne, pour qui «notre esprit se fortifie par la communication des esprits vigoureux et réglés» (cf. *Essais,* III, 8, «De l'art de conférer», éd. M. Rat et A. Thibaudet, Paris, Gallimard, «Bibl. de la Pléiade», 1962, p. 900) — leçon elle-même répercutée par Pascal («on se forme l'esprit et les sentiments par l'esprit», cf. *Pensées,* Brunschvicg n° 6, Lafuma n° 814).
2. Une manière que Paul Valéry, par exemple, décrivait en ces termes : «Dix minutes de conversation font voir, dissipent, renversent bien des choses sur lesquelles on n'aurait jamais eu que des idées populaires... ou littéraires» (cité par M. Fumaroli, *op. cit.,* p. 320).
3. Cf. R. Gary, *La promesse de l'aube, op. cit.,* p. 209.

sablement en proie à ses «métamorphoses»), ou bien en tant que «mime du tragique» et metteur en scène de son propre intellect (lorsqu'il se soumettait au désordre quelque peu apprêté de son fameux «Musée imaginaire»).

Là est sans doute la raison pour laquelle l'évocation de leurs conversations, publiée par Gary dans *La nuit sera calme*, sera reprise mot pour mot dans l'hommage qu'il rédigea trois ans plus tard. On entendait alors Gary dire à François Bondy :

> La conversation de Malraux consiste à vous placer à ses côtés[1] sur la rampe de lancement, à bondir aussitôt vingt fois sa hauteur, en effectuant trois doubles sauts et un vol plané par-dessus la charpente dialectique du discours, et à vous attendre à l'autre bout de l'ellipse avec une formule-conclusion éblouissante, appuyée par un regard complice qui vous interdit de ne pas comprendre ou de lui demander par où il est passé pour arriver là. […] avec Malraux, ce sont des jaillissements, des vols planés, des plongées à pic et des sous-marins qui se perdent. Le plus dangereux, quand on navigue avec lui, ce sont les silences. La règle du jeu est de se retrouver à la sortie au même point du parcours, dans une parfaite compréhension réciproque, genre dauphins qui font des montagnes russes sous l'eau et hors de l'eau[2].

---

1. Ici Gary a intercalé dans le texte de 1977 : «*d'égal à égal*», ce qui n'est bien sûr pas sans signification, puisque *La nuit sera calme* a paru en 1974, c'est-à-dire du vivant de Malraux, et l'hommage publié ci-dessus, au lendemain de sa mort…

2. R. Gary, *La nuit sera calme, op. cit.,* p. 186-187.

En lisant ces lignes où perce, sous une vague d'incontestable admiration, le fait que Gary ait su déceler dans l'histrionisme si souvent exaspérant de Malraux toutes les ficelles qui lui servaient alors à «éblouir» son monde, et où il paraît aussi lui reprocher, comme à demi-mot, de continuer à vouloir apprendre à faire la grimace à ce vieux singe (ou à ce vieux «clown lyrique») qu'il croyait être lui-même, comment ne pas revenir sur la sentence de Malraux déplorant que «peu de civilisations [aient] aussi bien ignoré que la nôtre les raisons de leur admiration[1]» pour les héros et les chefs-d'œuvre de la noble culture ? Comment ne pas y revenir pour affirmer que Gary fut justement de ceux qui l'auraient, au moins sur cette question, et à propos de Malraux lui-même, volontiers désavoué ? Car, si rares que soient ceux qui savent et aiment *admirer*, et qui le font en toute liberté et en toute santé, c'est-à-dire sans devoir «rien nier» ni avoir à «implorer» quiconque[2], nul n'est en mesure de contester que Gary fut bien du nombre. Et cela est d'autant plus notable que depuis le temps de cet amer constat, notre civilisation s'est même offert le luxe d'accomplir un pas de plus, puisque, outre le fait que nous ignorons pourquoi nous admirons et que nous ne nous demandons presque plus ce qui vaut d'être admiré, nous répugnons désormais à penser que cette *passion* d'admirer nous est nécessaire, indispensable, vitale même, s'il est vrai qu'en tout exercice d'admiration il y va du respect de notre

1. A. Malraux, *L'homme précaire et la littérature*, Paris, Gallimard, 1977, p. 20.
2. Je songe ici au vers de Hölderlin : «... *Nichts leugen will ich hier und nichts erbitten*» (*Germanien*, v. 19).

humanitas proprement dite et qu'à en oublier la vertu nous courons fatalement un danger : celui de perdre l'estime de nous-mêmes. À ce suprême danger, Gary, c'est un fait, s'est toujours bien gardé de s'exposer, puisque, à l'égard tout au moins de De Gaulle et de son thuriféraire Malraux, il n'a jamais songé à réprimer son salut.

Et pourtant, si Gary a bel et bien partagé avec Malraux la conviction que « l'homme sans mythologie de l'homme, c'est de la barbaque[1] », il n'a pas manqué de se séparer de lui, voire de s'opposer à lui, quand il s'est agi de concevoir les moyens à mettre en œuvre pour édifier concrètement cette singulière « mythologie ». Pour prendre la mesure la plus probante de ce qu'on pourrait appeler leur *divergence dans la complicité*, il convient de méditer certaines remarques développées dans *Pour Sganarelle*, ce livre éblouissant dans lequel Gary nous a peut-être livré le fond de sa pensée et que peu, à ce jour, lui pardonnent, tant il est vrai qu'il formulait déjà en 1965, avec une prescience et un talent incomparables, le jugement que la postérité ne manquera sans doute pas de porter sur une large part de la « création » de ce siècle. Les questions posées dans cet ouvrage (aujourd'hui « introuvable » — on imagine aisément pourquoi) recoupent d'ailleurs parfaitement celles auxquelles nous renvoie son hommage à Malraux (ainsi que les portraits de De Gaulle). Ces questions sont celles qui, à chaque étape de sa double carrière de romancier, auront le plus hanté sa conscience d'*auteur* : comment concilier, en une même œuvre,

1. R. Gary, *La nuit sera calme, op. cit.*, p. 271.

voire en une seule vie, l'éthique et l'esthétique ? De quoi la culture devrait-elle être composée pour qu'elle puisse rester fidèle aux valeurs de civilisation ? Quels sont encore les pouvoirs du roman quand l'imagination qui en est la source se laisse elle-même contraindre par la réalité ? Comment éprouver le beau quand nous demeurons terrassés par l'horreur ? Faut-il cesser de «jouir» parce que les hommes se montrent capables du pire ? Peut-on faire droit à l'irréalité de la fiction quand le réel nous submerge, nous exaspère ou nous tue ? Le roman a-t-il encore la possibilité de nous aider à vivre et à mieux nous comprendre ?

Contrairement à ce que l'on pourrait imaginer, toutes ces questions n'ont pas été uniquement motivées par une raison de surface : le récent engouement dont le Nouveau Roman avait fait l'objet (nous sommes, rappelons-le, au beau milieu des années soixante) ou par une raison de fond : la prise de conscience, après-guerre, que la réalité représentée par les chambres à gaz, les massacres de masse et la logique totalitaire excède de beaucoup les ressorts et les pouvoirs de l'imagination humaine. Ces questions se sont posées *aussi* parce qu'un écrivain important et estimé s'était résolu à renoncer définitivement à faire œuvre de fiction, et que, si l'on voulait soi-même défendre le roman et s'efforcer d'en écrire un, si l'on croyait encore au «roman en tant que valeur en soi[1]», il devenait impérieux que l'on ne prît pas cette décision à la légère. Il existe donc un *cas Malraux*, puisque c'est de lui qu'il s'agit, qui ne laisse pas d'éveiller une incompressible

---

1. R. Gary, *Pour Sganarelle, op. cit.*, p. 407.

perplexité dans l'esprit de tout artiste assistant, troublé, à l'écroulement soudain des ponts devant relier l'esthétique à l'éthique. Il y a même, ébauchée en filigrane de ce débat, la tentation pour Gary de conduire Malraux sur le terrain d'un authentique et virulent *polemos*, un combat reposant sur un *différend* fondamental qui ne s'est jamais confondu avec une vulgaire rivalité d'auteurs, avec la recherche pathétique et insensée d'un quelconque prix d'excellence. L'enjeu en est bien plus crucial, bien plus décisif *pour nous tous*, puisqu'il s'agit là du *sauvetage de l'imaginaire*, et plus précisément de la possibilité de faire état de sa « foi » dans les pouvoirs spécifiques du Roman, surtout après qu'ils ont été écornés par la brutalité de l'Histoire. D'où le virage qu'opère Gary à tel moment de son essai : « Il nous faut dans ce contexte, examiner le cas de Malraux, et, justement, de son "silence", d'abord parce que c'est Malraux, c'est-à-dire peut-être la plus puissante pulsation de l'esprit que la vie littéraire ait connue, et ensuite, parce qu'une explication "profonde" vient de nous être donnée de cette rupture d'un grand romancier avec la fiction, une explication qui nous permettra de mieux mesurer la nature des rapports de l'œuvre avec, comme on dit, "les valeurs authentiques"[1]. »

Qu'est-ce, en réalité, que cette explication profonde (notons bien l'ironie dont témoignent les guillemets) ? C'est celle qu'a cru pouvoir nous fournir Lucien Goldmann, quand il s'est demandé, dans son fameux essai *Pour une sociologie du roman*[2], et selon Gary lui-

1. *Ibid.*, p. 381.
2. L. Goldmann, *Pour une sociologie du roman*, Paris, Gallimard, 1964.

même, «ce que tous les interprètes du silence romanesque de Malraux se demandent depuis plus de vingt-
cinq ans», à savoir si ce silence ne serait pas dû en
réalité «à une rupture avec les valeurs, lorsqu'il apparut à Malraux qu'il ne pouvait plus sauvegarder — [et
Gary cite ici Goldmann] — "l'existence de certaines
valeurs universelles authentiques". La rupture avec le
marxisme aurait donc joué là un rôle déterminant[1]». Et
Gary d'ajouter aussitôt en préambule à sa réponse :
«Voilà qui mérite un chapitre à part, d'abord parce que
c'est Malraux, et ensuite parce que je vais m'en donner
à cœur joie[2].»

Et en effet, quelques digressions plus loin, Gary
commencera par nous faire remarquer que l'on s'interdit inexorablement d'avancer dans la résolution du
problème aussi longtemps que l'on persiste à penser
que Malraux a définitivement renoncé au roman. C'est
là en vérité une idée à courte vue, qui ne tient aucun
compte du fait, si remarquablement mis en relief par
Gary, que *Les voix du silence* «sont avant tout une
toile de fond romanesque où les grandes œuvres de
l'art tendent à devenir des personnages et des sujets-
objets[3]», aussi présents et aussi vivants que des figures
humaines prenant part à une intrigue bien ficelée.
Aussi Gary reproche-t-il à Goldmann de ne pas s'être
aperçu que «Malraux a esquissé une fresque épique
romanesque où les œuvres-objets occupent toute la
place, ont une puissance d'existence hallucinante et

1. R. Gary, *Pour Sganarelle, op. cit.,* p. 387.
2. *Ibid.*
3. *Ibid.,* p. 402.

jamais vue dans la littérature, et que l'homme y est entièrement dominé par ce qu'il a créé et par les rapports qui se nouent entre les objets de sa création[1] ».

Il s'ensuit que ce n'est nullement l'Imaginaire en général qui fut refusé ou récusé par Malraux : ce dont il a voulu en premier lieu se défaire, ce sont bien plutôt les contraintes que fait naturellement peser sur la fiction tout « drame » mettant en jeu des *individus*, agissant dans un univers historiquement, politiquement et socialement caractérisé. Goldmann n'a donc pas eu tout à fait tort de consacrer un même ouvrage à Alain Robbe-Grillet, « père de l'objet dans le roman », à Nathalie Sarraute, « mère de la mort du personnage », et à André Malraux, « romancier de l'objet-art »[2]. Le reproche que l'on pourrait lui faire est qu'il ne s'est à aucun moment avisé que le « désespoir » et le « retrait » de Malraux « devant le personnage et devant la fiction »[3] avaient eu pour principale conséquence, non pas la survalorisation à la Robbe-Grillet de l'objet inerte, ni la célébration à la Sarraute de la disparition du sujet-conscient-de-soi, mais une conjugaison fort subtile des deux, donnant lieu à « la première épopée de l'objet créé par l'homme, la première épopée historique où les choses ont une vie plus puissante et plus agissante que celle de leurs créateurs, où des rapports se créent entre eux que leurs "inventeurs" n'avaient ni prévus ni prémédités ». Bref, au dire de Gary, un livre comme *Les voix du silence* inaugure, au

1. *Ibid.*, p. 402-403.
2. *Ibid.*, p. 403.
3. *Ibid.*

royaume de ce qu'il qualifie alors d'«objet-art», «la soudaine indépendance, la soudaine puissance d'un Golem bénéfique[1]». Telle est la raison pour laquelle le silence romanesque de Malraux ne pouvait être celui qu'on avait cru entendre...

Il reste que Malraux a bel et bien rejeté l'idée de bâtir des romans ayant notamment pour objet de décrire la vie, l'action et le destin de personnages prenant part à l'Histoire, à la façon de *La condition humaine*, des *Conquérants* ou de *La voie royale*. Comment faut-il se l'expliquer? La réponse de Gary est ici péremptoire: «Malraux, écrit-il au chapitre LVI de *Pour Sganarelle*, a renoncé au roman non point lorsque les valeurs du marxisme se sont écroulées à ses yeux, mais lorsque le roman s'est écroulé à ses yeux en tant que moyen d'exploration de la situation de l'homme, autrement dit, lorsque le besoin d'authenticité est devenu plus fort que le besoin du roman[2].» Aussi son retrait devant la fiction n'est-il point la résultante d'un dilemme idéologique, pas plus qu'il ne relève d'une résolution à caractère esthétique. Ce retrait est la conséquence d'une profonde angoisse métaphysique devant la nécessité qu'il a ressentie de devoir fournir une «solution» à quiconque souhaite, comme lui, trancher le nœud gordien de la tragédie humaine. C'est dire que Malraux n'a renoncé à la fiction qu'à partir du moment où «il lui est apparu qu'il n'était pas possible de trouver une réponse à la question *dans* et *par* le roman»; de sorte que «le roman a cessé de l'intéresser

---

1. *Ibid.*
2. *Ibid.*, p. 404.

parce que ce qui l'obsédait par-dessus tout, n'était plus la fiction, mais la recherche d'une réponse à la tragédie, c'est-à-dire *la* Solution[1]». À ce compte-là, en effet, comment pourrait-on encore s'aveugler sur les raisons pour lesquelles Malraux «ne pouvait plus se *contenter* du roman»? Il est évident que, «dans une telle volonté d'authenticité, de Valeur authentique, de Solution, et sans doute aussi de grandeur personnelle dans l'histoire non du roman, mais *de la pensée authentique*», la fiction avait fini par «lui paraître futile, enfantine»[2], et pour tout dire inefficace.

Parce que la rupture décidée par Malraux n'a jamais eu pour objet premier le roman *en tant que tel* (*Les voix du silence*, on l'a vu, forment bien un roman «épique», mettant en scène des «sujets-objets» ayant pour «histoire» secrète l'intrigue éternellement réactualisée de leurs propres «métamorphoses»), il convient de pousser plus loin l'investigation, jusqu'au point de comprendre que l'objet de la rupture se réduit en réalité à ce que Gary, dans son langage, nomme «*le fictif*[3]». Qu'entend-il donc par là? Le fictif se définit par opposition à tout ce qui ne prend forme que dans une visée universellement signifiante. Plus précisément, le fictif est le contraire de toute allégorisation se référant, par-delà l'image adoptée, à une idée abstraite ou à une généralisation quelconque. En tant que «description de la *vie* des hommes, avec sa simplicité, sa banalité, son humilité, avec, précisément, ce qui constitue son

---

1. *Ibid.*
2. *Ibid.*, p. 404-405.
3. *Ibid.*, p. 406.

universalité » (et il suffit de bien pénétrer ces lignes extraordinaires pour s'apercevoir aussitôt que cette universalité de la vie ne se confond guère avec l'universalité abstraite d'un « genre », avec une généralisation obtenue par une opération de la raison et coiffant un divers singulier qui échapperait par principe à sa prise, mais qu'elle se rapproche beaucoup de ce que Sartre, à la même époque, appelait pour sa part l'« universel *singulier* »), le *fictif* se distingue en tous points de la « pensée non romanesque », de cette « volonté, dit Gary, de tout remplir de sens », de « ce désir de pénétration abyssale » qui, dans un contexte malgré tout fictionnel, fait comme si « chaque mouvement de pensée des personnages devait aller plus loin que la circonstance, dire plus que ce qu'on pouvait dire », comme si « toute situation devait avoir un sens, une portée hors du contingent » et que « à chaque instant, le "ton" cherchait à monter si haut et à porter si loin que les personnages se désincarnaient, sortaient du roman sans entrer nulle part »[1]. Analyse qui permet alors à son auteur d'aboutir à l'« hypothèse » suivante[2] : « C'est par attachement aux valeurs universelles authentiques, parce qu'il ne pouvait se contenter d'autre chose que d'une authenticité dans un monde authentique, que Malraux a rompu avec la fiction. » Et Gary de conclure dans un même souffle, en se félicitant de prendre ainsi le contre-pied de la thèse « valoriste et valeureuse » de Goldmann au sujet de Malraux et de son soi-disant

---

1. *Ibid.*
2. Et cette hypothèse, précise-t-il, « donne froid dans le dos, lorsqu'on est bien pensant et "valeureux" » (*ibid.*, p. 407).

renoncement au marxisme : « C'est donc son attachement aux valeurs universelles "vraies" qui l'a poussé
vers la politique et l'a forcé à renoncer au roman. C'est
un des exemples les plus intéressants du conflit entre le
besoin d'authenticité et le roman[1]. »

Or, et c'est là l'essentiel, ce « conflit » dûment
caractérisé ne s'est pas uniquement installé dans la
conscience créatrice d'André Malraux : il a bouleversé
aussi bien (et l'on serait même tenté de dire, avec peut-
être plus de violence encore) la volonté artistique de
Romain Gary. De sorte que c'est ici — en plein cœur
de ce débat — que le *différend* entre les deux écrivains
peut enfin nous apparaître dans son plus vif éclat. Car
c'est justement ce même *besoin d'authenticité* qui aura
entraîné Gary à tenter de surmonter ses réticences, de
réfréner ses scrupules et de dissoudre son embarras,
dans une perspective à tous égards contraire à celle de
Malraux.

Alors que Malraux mit d'abord, et avec plus ou
moins de bonheur, son *intelligence* au service de la
création romanesque, puis se résigna à la placer
tout entière sous la coupe de l'action politique, désormais seule garante à ses yeux de la conservation des
« valeurs universelles "vraies" », Gary, lui, n'a pas
cessé de mettre sa *sensibilité* et son *imagination* dé-
bordantes (c'est-à-dire sa puissance même) au service, non plus de la validité objective d'un monde de
valeurs, universellement et exclusivement agréées par
la raison[2], mais de la vérité intime et toujours fonciè-

1. *Ibid.*
2. Cet agrément de la raison n'aurait d'ailleurs été pour lui
qu'une conséquence, non un principe.

rement incommunicable de la vie subjective indivi-
duelle, en tant qu'elle donne lieu à cette jouissance et
à cette souffrance qui, incessamment mêlées en une
«joyeuse angoisse[1]», font de l'œuvre d'art une «prio-
rité naturelle, obsessionnelle», ayant «le pouvoir de
servir ce que j'appellerai sans aucune crainte de simplicité, le bonheur des hommes[2]».

Dans ce différend assumé avec Malraux, il lui est
justement apparu, comme il l'a noté au demeurant
dans l'hommage qu'il lui rendait, que si «la culture
force l'art à poignarder dans le dos la société qui l'a
inspirée», si elle parvient à obtenir «des monstres
sociaux de Balzac ou de Dickens qu'ils perdent la
société qui leur a donné naissance», elle le doit en
grande partie au Roman, cet éminent fer de lance de la
culture, au point qu'il ne saurait y avoir de civilisation
humaine digne de ce nom qui ne lui ait pas toujours
déjà réservé une *place d'honneur*. Voilà pourquoi ce
n'était pas de prime abord l'emphatique question de
la *liberté humaine en général* que Gary poursuivait
dans son œuvre — cette question sur laquelle Malraux, en sa qualité de «mime du tragique», avait eu,
en revanche, le mérite d'insister sans pour autant être
parvenu à la déployer dans toute son ampleur, ni sur
le plan de la pensée ni sur celui de l'action. La question qui «obsédait» Gary, jusqu'à susciter en lui un
«don d'enthousiasme presque juvénile», similaire à
celui qu'il se plaisait à saluer chez Malraux, fut avant
tout celle du *bonheur des hommes* — de ce bonheur,

1. *Ibid.*, p. 339.
2. *Ibid.*, p. 408.

dirais-je, dont le *maintien* dans l'âme et le cœur de chaque individu repose le plus souvent sur des conditions en elles-mêmes «éprouvantes». Car, tenir au bonheur et s'en tenir à lui, c'est là en effet une des tâches les plus redoutables de la vie, un défi à part entière, et parfois même, pour qui se risque à le relever, un immense péril, s'il est vrai, comme le remarquait l'auteur d'*Au-delà de cette limite votre ticket n'est plus valable*, qu'«il est des moments, des heures faites de vies entières d'un bonheur auquel on ne devrait pas pouvoir survivre[1]».

C'est à cultiver, à accroître et à intensifier, fût-ce au mépris d'un tel danger, cet indispensable sentiment — et cette irrépressible exigence — de bonheur, oui, c'est bien à tout cela qu'est allé tout l'effort de Gary, non sans qu'il ait dû accepter à l'avance d'y serrer la main du désespoir. Un effort qui est à verser entièrement au crédit du *rêve* et de cette «*communion intime de l'être avec la vie*[2]» dont notre civilisation — toute à l'écoute des arrière-mondes et du déni embarrassé qu'elle entend bien, en même temps, leur opposer — ne veut plus rien savoir. C'est que, pour Gary, et c'est là une parole d'or :

> On en est venu à oublier que le rêve d'éternité n'est pas un rêve de survie *ailleurs*, d'une vie *autre* : c'est de l'amour de *cette* vie, de *ce* bien, de cette condition que naissent les rêveries d'éternelle durée. La seule aliénation non pathologique,

1. R. Gary, *Au-delà de cette limite votre ticket n'est plus valable*, Paris, Gallimard, 1975 ; repr. coll. «Folio», n° 1048, p. 100.
2. R. Gary, *Pour Sganarelle, op. cit.*, p. 340.

c'est évidemment la mort, pour ceux qui n'aiment pas assez la vie pour sentir qu'il ne peut rien leur arriver[1].

1. *Id.* Ainsi Gary note-t-il également (p. 322) — et c'est là une preuve supplémentaire de son courage — que «le voile du silence est jeté délibérément [et "par tricherie" (*id.*)] dans toute la pensée et dans toute la littérature [sujettes aux canons de cette "culture canaille" (p. 215) propre aux idéologues de tout poil] sur ce qui constitue *le fait matériel le plus vérifiable, le plus communément ressenti, et de très loin le plus important de la "condition humaine" : l'amour de la vie*». Plus loin, Gary ajoute ceci, qui demeure crucial pour bien comprendre l'ensemble de sa démarche créatrice, et notamment le «différend» qui l'oppose à Malraux : «Aucun constat de la "condition humaine" ne saurait être autre chose que mensonge lorsqu'il ne tient pas compte de *l'expérience la plus importante de l'être, celle qui permet à la vie de continuer et aux civilisations d'être poursuivies, et qui est la joie d'exister*» (p. 324). Le regard qu'il est le seul à oser lancer en direction des arrières-pensées de la culture contemporaine est alors aussi superbe que décisif : «Le prétexte de solidarité avec "tout ce qui souffre", avec les masses sous-privilégiées, d'abord ne justifie en rien le discrédit, le dégoût que toute notre imagination romanesque a ainsi jeté sur *le phénomène même de la vie*, et ensuite, cette façon d'enfermer les masses dans leur souffrance est un mensonge.» En effet, qui pourrait nier que «ce qui fait le malheur terrible et entièrement intolérable de ces hommes confinés, arrêtés dans une identité inacceptable, est que leur condition même la plus extrême est toute traversée d'éclairs de joie, de communion innombrable avec la joie d'être, avec la sexualité, avec l'assouvissement physiologique, avec la nature, *et qu'il ne saurait en être autrement, puisqu'ils sont vivants*»? La prise en compte de cette conjonction du «jouir» et du «souffrir» à l'intérieur du mouvement auto-affectif par lequel *la vie même* se trouve donnée à soi, est ce qui permet à Gary d'en conclure que «c'est [le] rapport [des hommes] avec la jouissance physiologique de vivre qui leur permet de s'orienter, de pressentir, de comprendre, de se révolter, de lutter, de découvrir que la "condition humaine" n'est pas cet état du corps attendant sa charogne que la littérature du malheur en a fait» (p. 324-325). Cette attention portée à l'essence *vivante et incarnée* de la «condition humaine»,

Ainsi « le "jouir" [1] » a-t-il toujours semblé être pour Gary un *préalable* nécessaire à l'expression authentique du désir de liberté. Seul celui qui s'aime sans amour-propre et qui aime la vie sans la juger peut trouver en lui la force nécessaire pour s'affranchir décisivement des entraves extérieures ; en revanche, celui qui désespère *de* soi et *quant à* la vie en soi [2] ne peut que s'enferrer dans les pièges que ne cessera jamais de disposer sous ses pas cette *chasse à l'homme* à laquelle s'adonne depuis toujours ce que Gary nomme « le Réel ». Jouir, et peut-être même se ré-jouir de cette jouissance qu'est, en son fond, la vie [3], tel serait bien, n'en déplaise à Malraux, cet « anti-néant » que ce dernier croyait pour sa part pouvoir réclamer à l'Art doté d'une majuscule ; car ce « jouir » est la seule épreuve susceptible de *justifier* à tout jamais, et quoi qu'il puisse encore nous arriver, le désir invincible de créer, le « besoin d'affabuler », la foi qu'un auteur peut s'au-

---

cette position ontologique exceptionnelle conjuguant en un unique dessein l'esthétique et l'éthique, cette profession de foi inouïe dans la complétude affective de la vie, voilà ce qui fonde, selon nous, la différence *de pensée* qui a pu exister entre l'auteur de *La vie devant soi* et l'auteur de *La condition humaine*.

1. Cf. *ibid.*, p. 94-95, 174-175, 242-249, 339-341, 378, 424.

2. Sur la distinction entre désespérer *de* et désespérer *quant à*, voir S. Kierkegaard, *Traité du désespoir*, trad. K. Ferlov et J.-J. Gateau, Paris, Gallimard, coll. «Tel», 1990, note 1, p. 408.

3. En effet, qu'est-ce que ce « jouir » sinon, dit Gary, ce qui se montre «indissolublement lié à la *nature même de la vie*, aux conditions de sa propagation, de ses manifestations »? Serait-il autre chose que ce «rapport [...] entre l'homme et ce qui l'inspire», dont Gary nous assure qu'il est «aussi absolu et indispensable [...] que celui de la lumière avec la chlorophylle »? (*Pour Sganarelle, op. cit.*, p. 340).

toriser à placer dans *ce qui ne sera jamais que par et selon sa parole*.

Alors, on comprend que l'auteur de *Pour Sgana-relle* se soit mis à adresser un message inouï à tous ceux qui, adeptes du «malthusianisme culturel», conçoivent «"la condition humaine" [à partir] de leur état de manchots»[1]. Et ce message, le voici :

> Un art de mensonge est parfaitement acceptable, car le mensonge est trop lié à l'invention et à l'ima-gination pour qu'il y ait lieu de faire place ici à quelque objection de conscience, à quelque purita-nisme de la vérité, même si c'est la poudre de la vérité qu'on nous jette dans les yeux[2].

C'est qu'au royaume de l'art et de l'imagination, jamais, au grand jamais, aucune place ne saurait être faite à ce puritanisme qui repose, d'abord, sur le déni de ce que Gary nomme «la jouissance physiologique de vivre[3]», et ensuite, sur la disjonction forcée — pour ne pas dire «forcenée» — que l'on croit pouvoir opérer entre le mensonge et la vérité, le bonheur et le malheur, la liberté et le destin, la tragédie et la comédie. Plus encore, la seule maxime qui viserait positivement à orienter la création dans le sens de la «condition humaine» devrait se formuler de cette manière auda-cieuse : *« Ce qui rompt les rapports de l'homme avec le bonheur, rompt ses rapports avec l'art »*, et cela à telle enseigne que «ce qui situe par souci de littérature et

1. *Ibid.*, p. 341.
2. *Ibid.*, p. 340.
3. *Ibid.*, p. 324.

d'originalité les phénomènes typiques de l'homme dans ce qui *n'est pas* le phénomène typique de l'homme », à savoir son rapport particulier et immanent au « jouir » et au « souffrir » *comme tels*, ne pourrait plus « se réclamer, pour finir, que d'un artifice totalitaire ou d'une adoration du langage à la Flaubert »[1] !

Seraient-ils donc légion, ceux qui, dans la seconde moitié du siècle, ont partagé la conception de Gary ? Certes, il serait injuste de ne pas rappeler que celui-ci s'est senti dans l'obligation, pour échapper notamment aux pièges de cette littérature (qui s'est un beau jour rebaptisée Écriture…), d'aller « [se] bouffonner jusqu'à l'ivresse d'une parodie où il ne reste[rait] de la rancune, du désespoir et de l'angoisse que le rire lointain de la futilité[2] ». Mais pour avoir osé le faire, et pour y être allé *jusqu'au bout*, rendons-lui l'hommage qu'il mérite justement. Et admettons, du même coup, que ce prix à payer ne s'est guère confondu avec cette somme que Malraux, de son côté, avait cru bon de verser aux douaniers de la postérité, en cherchant à faire résonner ses oraisons funèbres dans les couloirs glacés des palais de la République. Jusqu'à la fin, Gary est resté ce « clown lyrique » qu'il s'est toujours amusé à flétrir de sarcasmes. C'est même pour ne point cesser de l'être et, ainsi, pour ne pas démériter de lui-même — lui qui se plaisait à reconnaître : « Je me suis toujours été un autre[3] » — qu'il se laissa

1. *Ibid.*, p. 341.
2. R. Gary (Ajar), *Pseudo*, Paris, Mercure de France, 1976, p. 189.
3. R. Gary, *Vie et mort d'Émile Ajar*, Paris, Gallimard, 1981, p. 30.

atteindre «par la plus vieille tentation protéenne de l'homme : celle de la multiplicité[1]». En démultipliant les visages et en portant *in fine* le masque d'Émile Ajar, il pouvait donc se dire qu'il changeait tout... sauf son fusil d'épaule.

Voilà pourquoi il semble bien qu'en cette «conquête de l'impossible», Gary soit demeuré plus proche de De Gaulle que de Malraux. En effet, comment la façon dont Malraux, après qu'il eut pris ses distances par rapport au «personnage» et à la «fiction», avait troqué son cuir râpé d'aviateur contre un maroquin flambant neuf, pourrait-elle se comparer avec la manière dont de Gaulle s'était décidé à «être» la France, et Gary à s'incarner en Ajar? Sans doute la véritable différence réside-t-elle moins dans la manière que dans l'intention, c'est-à-dire dans le fait que les «métamorphoses» spectaculaires de De Gaulle et de Gary furent motivées identiquement par le désir d'*irréaliser ce qui est ou ce qui fut*, alors que pour Malraux, il s'est agi, à l'inverse, de *réaliser ce qui n'est pas ou qui n'est pas encore*. Reste que cette différence repose elle-même sur des bases communes, ciment de leur unité d'esprit, à savoir, comme l'a écrit Gary dans son texte sur «les Français libres», que «c'est de cette fidélité à *ce qui n'est pas* que naît *ce qui est*, et il n'y a pas d'autre voie de la barbaque à l'homme[2]».

Pour avoir pris une direction contraire à celle qui fut empruntée par Malraux, Gary et de Gaulle ont donc «conquis l'impossible» en donnant *toute*

---

1. *Ibid.*, p. 29.
2. Cf. «Les Français libres», *supra*, p. 83.

licence à leur besoin d'affabulation et en se gardant bien de se dissimuler en même temps que « le besoin d'affabulation, c'est toujours un enfant qui refuse de grandir[1] », ainsi que le comprenait l'auteur de *Pseudo.* Le besoin d'inventer, de « mystifier », de faire apparaître et disparaître tout un monde au gré de ses sentiments, de conférer aux événements humains une portée légendaire, de donner sens au non-sens et inversement, tout cela, il est vrai, est l'apanage de l'enfance, et plus exactement de tout enfant qui refuse souverainement — à l'instar de Fosco dans *Les enchanteurs*, de Momo dans *La vie devant soi,* de Ludo dans *Les cerfs-volants*, ou même du Morel des *Racines du ciel,* leur père à tous, plus jeune que les plus jeunes — de céder la part belle de sa vie à ces adultes-croquemitaines qui ont l'outrecuidance de se proclamer « responsables » de son propre destin. Renoncer à l'humble prodigalité du *fictif*, à la généreuse discrétion du *merveilleux*, afin de solliciter comme en catimini l'accréditation de la société et de s'adonner ainsi, pour la consolidation de celle-ci, à la grandiloquence des mots d'ordre et à la présomption des prises de position, voilà ce qui, si le cas s'était bel et bien présenté, eût fait entrer de Gaulle et Gary, chacun à sa façon, et pour des raisons bien sûr différentes, non dans l'espace invisible de l'*autorité* (celui qu'ils ont réellement arpenté), mais dans le champ de bataille du *pouvoir*, et peut-être même, dans le règne, fort hideux, de la mort — de cette mort à laquelle on reconnaîtra sans peine que Malraux, ministre de la

---

1. R. Gary (Ajar), *Pseudo, op. cit.*, p. 158.

Culture, ne cessait plus, à la fin de sa vie, de tresser des couronnes aux couleurs flamboyantes...

*

On l'aura compris : sous les portraits de Charles de Gaulle et d'André Malraux perce à maints égards l'autoportrait de Romain Gary. Cependant l'important n'est pas là. L'important, c'est qu'il n'y a jamais qu'un *héros* qui puisse rendre à l'héroïsme l'hommage que celui-ci mérite vraiment, et c'est peu dire de Romain Gary que son impeccable dignité a fait de lui un des plus authentiques héros de notre temps. Oui, je dis bien un véritable héros — et, en l'affirmant, je ne songe pas seulement au courage physique et moral dont Gary fit preuve au cours de la Seconde Guerre mondiale. Je ne cherche pas non plus à mêler subrepticement les genres : la vitalité de l'action et la vigueur de la pensée, le réel et l'imaginaire, le vécu et l'écrit, la geste du héros et le trait de génie. Si l'héroïsme de Gary est du meilleur aloi, ce n'est pas parce que ce dernier aura su prouver à l'occasion (et parfois même à son corps défendant) qu'il pouvait jouer les gros bras ou, quand il le fallait, faire un pied de nez à «Totoche, le dieu de la bêtise, avec son derrière rouge de singe, sa tête d'intellectuel primaire, son amour éperdu des abstractions[1]», ou encore tenir tête au désespoir jusqu'à accepter de se donner la mort plutôt que de trahir la leçon des siens, de ceux dont on veut croire (et c'est justement cela leur être fidèle) qu'ils

---

1. R. Gary, *La promesse de l'aube, op. cit.,* p. 17.

ne sont ou ne seront jamais morts pour rien[1]... Son héroïsme fut grand non pas seulement parce qu'il était la conséquence de son « idéalisme » indécrottable, ou le fruit de son implacable « pragmatisme » (chez les héros, justement, le second n'annule jamais le premier), mais aussi parce qu'il se doublait d'un *irréalisme* de principe, qui soutenait l'ensemble de sa démarche en lui conférant autant d'efficacité que d'émotion.

À cet égard, on admettra peut-être que l'héroïsme de Gary, pour avoir consisté en la revendication coûte que coûte de sa « compulsion » à *créer* comme on résiste salutairement au réel lui-même et à son écrasant fardeau, s'accordait peu ou prou à un désir de subversion. « Jouisseur de l'absolu », « extrémiste de l'âme »[2] : il semble bien, en effet, que son héroïsme de *résistant* (et c'est probablement cette part de lui-même qu'il a cru reconnaître en de Gaulle, doctrinaire, comme il le dit dans un de ses textes, de la « désobéissance sacrée ») provienne de ce qu'il a su, jusque dans sa chair, et tout au long de sa vie, consentir, lorsqu'elle se fut imposée à lui, et plus particulièrement à son *cœur*, à ce dont relève depuis toujours l'essence même du héros, à

1. Gary, à propos de sa mère, écrit avec cette ironie qui le caractérise si bien et qui ne se départit jamais de sa touche de mélancolie : « Quelque chose de son courage était passé en moi et y est resté pour toujours. Aujourd'hui encore sa volonté et son courage continuent à m'habiter et me rendent la vie bien difficile, me défendant de désespérer » (*La promesse de l'aube, op. cit.*, p. 267).
2. Sans doute Armand Denis et les élégants « anarchistes » de *Lady L.* ont-ils occupé un temps son miroir (cf. sur ces belles expressions, R. Gary, *Lady L.*, Paris, Gallimard, 1963 ; repr. coll. « Folio », n° 304, p. 101).

savoir : cette fin de non-recevoir que tout homme libre se doit d'opposer lucidement et sans mollesse à toutes les forces qui tendraient à le réduire à ce qui n'est pas *lui-même* ; le dégoût de la tricherie obscène et de la tartuferie sociale (fût-ce dans ce domaine des arts qui fut pour Gary si vital et où l'on se paye trop souvent d'images et de mots) ; soit, en vérité, la plus haute responsabilité dont on puisse se sentir investi à l'égard de soi-même, celle précisément qui avait entraîné l'auteur d'*Europa*[1] à faire endosser à son protagoniste, le diplomate Jean Danthès, le rôle de nous indiquer les *conditions de vie* auxquelles Gary aura lui-même souhaité souscrire : « Je ne crois pas qu'il y ait une éthique digne de l'homme qui soit autre chose qu'une esthétique assumée dans la vie jusqu'au sacrifice de la vie elle-même[2]. » Parole lucide et courageuse, presque venue d'un autre âge, mais encore propre à traduire dans les faits *cet opiniâtre refus de composer, sinon de perdre* qui caractérise l'héroïsme, ce refus dût-il à l'occasion être payé de la plus menaçante poussée d'angoisse…

---

1. Inimaginable roman (ou romance) de l'Imaginaire, dont le thème principal, si l'on peut se permettre d'en privilégier un, est, à mon sens, moins les facéties de l'amour, l'illusionnisme, la rouerie du Destin, ou la civilisation en général, que « le style » d'une « existence » vraiment digne de ce nom, ce style dont on a pu dire qu'il définit l'homme en son humanité même. « Parlons-en, du style… […] Parlons-en. […] Il y a des gens qui sont morts pour ça », écrit Gary (*op. cit.,* p 177). Au début d'*Europa*, Gary avait même remarqué que, du jour où il lui était apparu que l'idée de l'Europe ou plutôt l'Europe *comme* idée avait perdu toute signification véritable, « l'homme [Danthès] » n'était même plus le style, mais le geste » (*ibid.*, p 101).
2. *Ibid.,* p 177.

Et le miracle fut bien au rendez-vous. Car jamais cette volonté farouche et toujours irascible de ne céder ne serait-ce qu'un pouce de terrain à la réalité[1], c'est-à-dire de ne rien concéder à cette logique de la «perte», de la «séparation», de la «disparition» qui, pour tant de raisons, aura hanté sa vie et son œuvre[2]; jamais ce démenti inlassablement jeté à la face médusée de la haine et du malheur (ces incorrigibles qui vont toujours de pair) — et exprimé par lui sous la forme apparemment puérile («burlesque, emprunté[e] au plus humble vocabulaire des mirlitons[3]») d'un «ils ne m'auront pas; je les aurai!» —, jamais, dis-je, cette action majeure, cette danse de Gengis Cohn n'aura donné à son auteur le sentiment hideux d'avoir eu raison envers et contre tous. La vérité est qu'en écrivant ses livres comme en se comptant dès l'été 1940 dans les premiers rangs de la Résistance, Gary ne faisait pas autre chose que témoigner à lui-même qu'en se comportant de manière aussi *déraisonnable*, il lui appartenait de devenir enfin ce qu'il se destinait depuis toujours à être : un libre créateur, pouvant rendre justice aux forces lumineuses de l'esprit, tout en sachant que si une telle vigilance suppose le plus souvent de se garder de «raison garder», elle n'exige pas pour autant de se risquer à perdre la raison ; un créateur, par conséquent, dont la destinée, pour avoir magistralement épousé le sens de l'Histoire (et ce sens, n'en déplaise à

1. R. Gary, *Les enchanteurs*, Paris, Gallimard, Paris, 1973 ; repr. coll. «Folio», n° 1904, p. 371-372.
2. Il faut à ce propos saluer l'excellente étude de Pierre Bayard, *Il était deux fois Romain Gary*, Paris, P.U.F., 1990.
3. R. Gary, *La promesse de l'aube, op. cit.*, p. 284.

notre propre entendement, est toujours insensé, sinon déraisonnable, en tout cas sombrement affectif[1]) ne l'aura, justement pour cette raison, nullement assujetti à quelque « complexe de supériorité ».

La page qui fut consacrée à distinguer sa fierté de tout orgueil est à mon sens sans égale dans la littérature. Je la cite pour mémoire et à la « gloire » de « nos illustres pionniers » ; je la cite aussi parce que, selon le mot de Thomas Mann, « un grand poète est grand d'abord — et poète ensuite » :

> Je suis sans rancune envers les hommes de la défaite et de l'armistice de 40. Je comprends fort bien ceux qui avaient refusé de suivre de Gaulle. Ils étaient trop installés dans leurs meubles, qu'ils appelaient la condition humaine. Ils avaient appris et ils enseignaient « la sagesse », cette camomille empoisonnée que l'habitude de vivre verse peu à peu dans notre gosier, avec son goût doucereux d'humilité, de renoncement et d'acceptation. Lettrés, pensifs, rêveurs, subtils, cultivés, sceptiques, bien nés, bien élevés, férus d'humanités, au fond d'eux-mêmes, secrètement, ils avaient toujours su que l'humain était une tentation impossible et ils

1. Pour illustration, cette petite « philosophie » garyenne de l'« Histoire », ébauchée au détour d'une page d'*Europa* : « Le bonheur est passé maître dans l'art de passer, mais l'insouciance le prive de son arme principale, qui est la menace de finir. *Sourires, sourires rapides, qui courent d'amour en amour : car cela aussi est une histoire du monde, mais on ne l'écrit jamais.* Quelques pas de deux ; frissons d'eau, petites musiques de sources ; un vol de coccinelles ; le miroir saisit un instant le rayon, puis plus rien ; un si gai regard, et autour, néant : quelques civilisations, des hécatombes. Un baiser, une main serrée, un soupir et tout le reste est une vague histoire de millénaires » (*op. cit.*, p. 193 ; c'est moi qui souligne). Magnifique !

avaient donc accueilli la victoire d'Hitler comme allant de soi. À l'évidence de notre servitude biologique et métaphysique, ils avaient accepté tout naturellement de donner un prolongement politique et social. J'irai même plus loin, sans vouloir insulter personne : ils avaient *raison*, et cela seul eût dû suffire à les mettre en garde. Ils avaient raison, dans le sens de l'habileté, de la prudence, du refus de l'aventure, de l'épingle du jeu, dans le sens qui eût évité à Jésus de mourir sur la croix, à Van Gogh de peindre, à mon Morel [le héros des *Racines du ciel*] de défendre ses éléphants, aux Français d'être fusillés, et qui eût uni dans le même néant, en les empêchant de naître, les cathédrales et les musées, les empires et les civilisations[1].

Mais cette idée qu'il ne faut rien sacrifier à la toute-puissance des idées sans que celles-ci n'aient été au préalable soumises à l'approbation d'un cœur qui bat, et qui bat ardemment de toute la ferveur susceptible de l'animer, Romain Gary a reconnu aussi en avoir reçu la leçon énergique de Nina Kacew, sa mère, dont les derniers mots entendus par son fils auront été précisément : « On les aura !... » Je poursuis donc cette citation car, comme l'écrivait Émile Ajar avec l'air qu'on lui connaît si bien de ne point trop y toucher, « la sensibilité, ce n'est pas ce qui tue les gens aujourd'hui[2] » :

« On les aura ! »
Ce dernier cri bête du courage humain le plus

1. R. Gary, *La promesse de l'aube, op. cit.,* p. 283.
2. R. Gary (Émile Ajar), *La vie devant soi,* Paris, Mercure de France, 1975 ; repr. coll. « Folio », n° 1362, p. 43.

élémentaire, le plus naïf, est entré dans mon cœur et y est demeuré à tout jamais — il *est* mon cœur. Je sais qu'il va me survivre et qu'un jour ou l'autre les hommes connaîtront une victoire plus vaste que celles dont ils ont rêvé jusqu'ici[1].

À présent, résignés de la condition humaine, mordus de la défaite d'où qu'elle vienne et quoi qu'elle vise, oseriez-vous nier qu'il vous a vraiment *eus*?

Paul Audi

1. R. Gary, *La promesse de l'aube, op. cit.*, p. 284.

DU MÊME AUTEUR

CLAIR DE FEMME, *roman.* (Folio nº 1367)

CHARGE D'ÂME, *roman.* (Folio nº 3015)

LA BONNE MOITIÉ, *théâtre.*

LES CLOWNS LYRIQUES, *roman.* (Folio nº 2084)

LES CERFS-VOLANTS, *roman.* (Folio nº 1467)

VIE ET MORT D'ÉMILE AJAR.

L'HOMME À LA COLOMBE, *roman.*

ÉDUCATION EUROPÉENNE, *suivi de* LES RACINES DU CIEL *et de* LA PROMESSE DE L'AUBE *(coll. « Biblos »).*

ODE À L'HOMME QUI FUT LA FRANCE ET AUTRES TEXTES AUTOUR DU GÉNÉRAL DE GAULLE (Folio nº 3371)

*Au Mercure de France sous le pseudonyme d'*Émile Ajar

GROS-CÂLIN, *roman.* (Folio nº 906)

LA VIE DEVANT SOI, *roman.* (Folio nº 1362)

PSEUDO, *récit.*

L'ANGOISSE DU ROI SALOMON, *roman.* (Folio nº 1797)

ŒUVRES COMPLÈTES D'ÉMILE AJAR *(coll. « Mille Pages »)*

COLLECTION FOLIO

3190. Charles Dickens	*Les Grandes Espérances.*
3191. Alain Finkielkraut	*Le mécontemporain.*
3192. J.M.G. Le Clézio	*Poisson d'or.*
3193. Bernard Simonay	*La première pyramide, I : La jeunesse de Djoser.*
3194. Bernard Simonay	*La première pyramide, II : La cité sacrée d'Imhotep*
3195. Pierre Autin-Grenier	*Toute une vie bien ratée.*
3196. Jean-Michel Barrault	*Magellan : la terre est ronde.*
3197. Romain Gary	*Tulipe.*
3198. Michèle Gazier	*Sorcières ordinaires.*
3199. Richard Millet	*L'amour des trois sœurs Piale.*
3200. Antoine de Saint-Exupéry	*Le petit prince.*
3201. Jules Verne	*En Magellanie.*
3202. Jules Verne	*Le secret de Wilhelm Storitz.*
3203. Jules Verne	*Le volcan d'or.*
3204. Anonyme	*Le charroi de Nîmes.*
3205. Didier Daeninckx	*Hors limites.*
3206. Alexandre Jardin	*Le Zubial.*
3207. Pascal Jardin	*Le Nain Jaune.*
3208. Patrick McGrath	*L'asile.*
3209. Blaise Cendrars	*Trop c'est trop.*
3210. Jean-Baptiste Evette	*Jordan Fantosme.*
3211. Joyce Carol Oates	*Au commencement était la vie.*
3212. Joyce Carol Oates	*Un amour noir.*
3213. Jean-Yves Tadié	*Marcel Proust I.*
3214. Jean-Yves Tadié	*Marcel Proust II.*
3215. Réjean Ducharme	*L'océantume.*
3216. Thomas Bernhard	*Extinction.*
3217. Balzac	*Eugénie Grandet.*
3218. Zola	*Au Bonheur des Dames.*
3219. Charles Baudelaire	*Les Fleurs du Mal.*
3220. Corneille	*Le Cid.*
3221. Anonyme	*Le Roman de Renart.*
3222. Anonyme	*Fabliaux.*
3223. Hugo	*Les Misérables I.*
3224. Hugo	*Les Misérables II.*
3225. Anonyme	*Tristan et Iseut.*
3226. Balzac	*Le Père Goriot.*
3227. Maupassant	*Bel-Ami.*
3228. Molière	*Le Tartuffe.*

3267. Hector Bianciotti	*Le pas si lent de l'amour.*
3268 Pierre Assouline	*Le dernier des Camondo.*
3269. Raphaël Confiant	*Le meurtre du Samedi-Gloria.*
3270. Joseph Conrad	*La Folie Almayer.*
3271. Catherine Cusset	*Jouir.*
3272. Marie Darrieussecq	*Naissance des fantômes.*
3273. Romain Gary	*Europa.*
3274. Paula Jacques	*Les femmes avec leur amour.*
3275. Iris Murdoch	*Le chevalier vert.*
3276. Rachid O.	*L'enfant ébloui.*
3277. Daniel Pennac	*Messieurs les enfants.*
3278. John Edgar Wideman	*Suis-je le gardien de mon frère?*
3279. François Weyergans	*Le pitre.*
3280. Pierre Loti	*Le Roman d'un enfant suivi de Prime jeunesse.*
3281. Ovide	*Lettres d'amour.*
3282. Anonyme	*La Farce de Maître Pathelin.*
3283. François-Marie Banier	*Sur un air de fête.*
3284. Jemia et J.M.G. Le Clézio	*Gens des nuages.*
3285. Julian Barnes	*Outre-Manche.*
3286. Saul Bellow	*Une affinité véritable.*
3287. Emmanuèle Bernheim	*Vendredi soir.*
3288. Daniel Boulanger	*Le retable Wasserfall.*
3289. Bernard Comment	*L'ombre de mémoire.*
3290. Didier Daeninckx	*Cannibale.*
3291. Orhan Pamuk	*Le château blanc.*
3292. Pascal Quignard	*Vie secrète.*
3293. Dominique Rolin	*La Rénovation.*
3294. Nathalie Sarraute.	*Ouvrez.*
3295. Daniel Zimmermann	*Le dixième cercle.*
3296. Zola	*Rome.*
3297. Maupassant	*Boule de suif.*
3298. Balzac	*Le Colonel Chabert.*
3299. José Maria Eça de Queiroz	*202, Champs-Élysées.*
3300. Molière	*Le Malade Imaginaire.*
3301. Sand	*La Mare au Diable.*
3302. Zola	*La Curée.*
3303. Zola	*L'Assommoir.*
3304. Zola	*Germinal.*
3305. Sempé	*Raoul Taburin.*

Composition Interligne.
Impression Société Nouvelle Firmin-Didot
à Mesnil-sur-l'Estrée, le 27 avril 2000.
Dépôt légal : avril 2000.
Numéro d'imprimeur : 51254.

ISBN 2-07-041380-2/Imprimé en France